coleção
rosa manga

CERTOS CASAIS

Hugo Almeida

CERTOS CASAIS

1ª edição, agosto de 2021, São Paulo

LARANJA ● ORIGINAL

Para

Jeter Neves,
Ronaldo Costa Fernandes
e W. J. Solha

E em memória de
Eustáquio Gomes,
Paulo Bentancur,
Sérgio Kleinsorge e
Valêncio Xavier

A carne é egoísta – temam o despotismo da carne!
A carne é irmã degenerada – é o Caim da alma!
Aluísio Azevedo, *Livro de uma sogra*

Eia, que vida essa! essa era a vida, eia!
Fernando Pessoa (Álvaro de Campos),
"Ode marítima"

Ai, meus avós, que este mundo
É coisa rara:
Tudo começa de novo,
Quando se acaba!

Cecília Meireles,
"Poema dos Inocentes Tamoios",
Romanceiro da Inconfidência

Livro I

O sono do vulcão   13

Outra vida para dona Olímpia   27

Conto das cadeiras   45

Dánae, muito prazer   51

O pão nosso de cada dia, vosso reino (intervalo para falar de flores)   59

A brisa na varanda   65

Trovões   75

Fogo baixo, labareda   79

Livro II

Amor radioativo   93

LIVRO I

O SONO DO VULCÃO

Deus fez o mundo à toa? Tudo tem motivo? No início, escutei um som atrás de mim, parecia voz, mas não ouvi nenhuma palavra. Em seguida, um toque no cotovelo, leve, de dedos? Tirei o braço do encosto, ali, ao lado da janela, à direita, bem atrás. Faltava pouco mais de uma hora para o fim do longo voo, agora noturno. Tâmara estaria me esperando. Levaria Beatriz? Gil não iria. Cheio de *gata*. Meu Deus, Júnior já fez o exército – e o carimbo do meu certificado ainda está úmido. Mal tirei o braço, ele surgiu, macio, quente. Veio querendo, buscando minha mão. O vacilo foi curto, rapidíssimo. Impossível negar o toque. Há uma semana estou a zero, não é lá uma eternidade para fazer besteira. Mas, que pele. Lisa, lisinha, pura delícia. Silêncio. Somente as turbinas lá fora, incansáveis. Se alguém viesse me contar, cortaria: conta outra. Mão no pé nu. Transferência de calor e massa, diria o Nascimento, metido no doutorado disso e daquilo. Calcanhar, tornozelo, tudo perfeito, quente,

Rodin vivo. Levei a mão esquerda para trás. Deu certo. Pegou na aliança com o indicador e o polegar e deu um puxão, como se quisesse tirá-la – depois, passou um dedo, pluma, sem pressa, nas costas da minha mão. Lá embaixo, fogo – o Brasil arde onde ainda há floresta. Logo voltou, úmido, um passeio por dentro, escapuliu antes que o prendesse. Que louca. O pé, ah, convite para muitas voltas, muitos fogos. Quanto tempo naquele bem--bom bobo? Avisos para o pouso. Apertar cintos, poltronas na vertical, temperatura etc. Ele se recolhia (que pena), agradecido, movimentava-se como se quisesse me apertar a mão. Recolhi a mão a esquerda. Fiz um último carinho, mais forte, com as duas mãos, e passei a unha na planta – o pé se dobrou (quase dei um beijo, e retribuí o carinho úmido). À esquerda, uma senhora dormia. A seu lado um rapaz (filho?, neto?) da idade do Júnior estava acesão, deve ter notado quando tentei esconder o óbvio. Fiquei duro (sossega, homem), não me virei. Vejo na saída. Levei o braço de novo ao braço da poltrona e veio outro toque, agora de dedos, papelzinho na frente. *Me ligue.* Virei – nada, nenhum número. Fiz cara de idiota, pela expressão do garoto ao lado da perua-avó. Podia ter dado o telefone, diabo. Pegaria o nome depois, no balcão, se precisasse. Uma desculpa qualquer. Agora vai ficar difícil, Tâmara lá fora. Calma, professor, se controle. Se ela descer conversando comigo, me acompanhar até a esteira de bagagem e depois? Comecei a suar aquele suor frio que quem já passou por situação semelhante conhece: surge uma jogada boa e a sua mulher está logo ali, que saudade, Amor – olhos, ouvidos e tudo. Nunca antes. Será minha estreia. Dezoito anos de inocência (menos, Gil, menos.

E aquele dia? Beija-flor, beija-flor. Não foi nada – beija-flor é um pássaro miúdo, leão. E hoje? Bobagem, uma massagem num pé, só isso). A cidade vista de cima, à noite, é bonita na primeira vez e quando não se está assim, assustado, entre duas mulheres – a mãe dos filhos e um pezinho no ar. Quando me levantei para apanhar a pasta, armei o melhor sorriso e olhei. Ninguém nos últimos lugares. Como? Sumiu. Esperei que descessem quase todos, ela devia estar no banheiro se preparando para sair comigo. Senhor, chegamos, me disse a aeromoça, como se dissesse *não vai descer?* Por gentileza, a senhorita viu a moça que estava sentada aqui?, arrisquei. Onde? Aqui, atrás de mim. Moça? É. Não tinha moça nenhuma sentada aí. Quem era? Ninguém, não tinha ninguém. Aqui no meio estava um rapaz. E me estendeu a mão direita. Estranhei o gesto. Obrigado. Saí apressado, o corredor vazio, mas ainda a ouvi dizer "obrigada eu", essa elipse ("digo", do meio, some) de São Paulo. Aconteceu alguma coisa, senhor? Posso ajudá-lo? Era o comandante, na saída. Não, nada, nada. Obrigado. Ele e a comissária me olharam. Fui o último a sair.

Em duas palavras: quem era? Eu alcançava o final do corredor em direção à sala de bagagens – ela estaria lá, é claro, vou descobrir na hora quem é – quando ouvi risos atrás. Olhei: três aeromoças e, parece, dois passageiros. Onde estavam? É longo e moroso o passeio das malas na esteira e a nossa, sempre, a mais demorada. Carrinho na mão, apareceu a primeira suspeita. Não podia ser ela. Vestia calças compridas. A do pé devia estar de saia ou vestido – fui até o tornozelo, nada no caminho. Teria trocado de roupa no banheiro? Sem exagero:

me secava. Ruiva química. Se manca. Olhei para fora, não vi Tâmara nem Beatriz. Ela chegou perto, tinha um brilhante no nariz, me afastei. *Sorry. I'm so sorry*, ouvi. Apareceu outra, bem em frente, sorriso de quem percebeu a coisa. *¿Sí, cómo no?* Num gesto que me pareceu estudado (resposta, aviso?), ela pôs o pé direito na beirada da esteira. O olhar-certeza. Que morena. Sossega, homem. Chegou a mala dela, colorida, leve. Saiu olhando para mim, aquele olho estou-te-esperando. Sutiã dois números abaixo, apertado nas costas, no último furo, égua selada – andar macio, cadenciado, égua campeã. O grupo de comissárias entrou na sala, todas com maletas iguais, roupas iguais, mesmo penteado. A que havia falado comigo se aproximou. Já descobriu? O quê? Quem era a pessoa do pé, disse baixo, só para mim. Sua mão é ótima. (Ouvi ou pirei?) Estendeu de novo a dela. Clara. Obrigada. Foi ela? E a outra? A mala não chega, ela sai sem pressa. Nenhuma marca nas costas, deve estar sem. Também vai esperar? Uma mulher na casa dos quarenta, perto de mim, conversa com um rapaz. Acho assim, ela disse, se for para ficar casada, só com absoluta exclusividade. Vocês já têm quantos anos? Três. Que luxo! Concordo com você, ele disse, mas tem coisas que não atrapalham, não acha? E olhou para mim. Um lance rápido, sem nada de mais, assim-assim. De jeito nenhum, nisso sou radical: tudo ou nada. Se abrir exceção, babau. Pra mim, não. Pode ter uma coisinha ou outra. Os dois me olharam. Qual o mais guloso? Agora essa. Ficaram calados, disfarçando. Você gosta de carinho no pé, ele perguntou a ela. *A-do-ro*, parecia falar para mim. Eu também, tem gente que é ótima nisso. Minha mala me salvou. Os dois acompanharam a operação saída com olhos de não-vai-espera-estou-indo. Agora percebi, eles foram os últimos a deixar o avião. No alto-falante o meu nome? Professor Gilberto..., queira por gentileza comparecer... Agora danou tudo. Tâmara (com a Beatriz) vai querer saber o que houve e vai lá comigo – a morena, último furo, me esperando, ou um número de telefone. Surpresa: neca de minha mulher nem de minha filha. A primeira morena evaporou. (Foi ela quem pediu o aviso? Está me esperando lá?) Da aeromoça, cheiro nem sombra. O rapaz e a mulher estavam diante do balcão de uma empresa de táxi, ar-condicionado, TV, nota preta, um roubo, de costas para mim. Sem? Subi olhando para trás – cadê Beatriz e Tâmara? A ruiva com a pedra no nariz estava lá em cima, sentada de frente para a escada. Coincidência, só. Fingiu não me ver. Antes de atender ao chamado do alto--falante, quero ligar para casa – uma desculpa, o voo atrasou –, preciso ganhar tempo. Ocupado, ocupado, ocupado. Também o do Júnior, gatas.

O professor Gilberto é o senhor? Sim. Sua esposa telefonou, disse que não pôde vir. (Não quis acreditar.) Algum problema, professor? Nada, nada. Ah, tem também um envelope para o senhor. (Acredito?) Obrigado. Nada acontece à toa. O número, o número. Não vou abrir aqui, em pé, na frente de todo mundo. Sorte, encontrei uma fila de cadeiras livres no amplo salão. Sentei-me. Antes de abrir o pequeno envelope, quem aparece? A morena, a segunda, a do pé na esteira, égua campeã. Demorou. Ooi. Posso sentar? (Que molejo, que nojo.) Mas é claro, estava te esperando. Mentiroso, vi que você passou direto. Fiquei vermelho, só eu fico vermelho. O que aconteceu?, falaram o seu nome. É, foi. Desculpa, você tem uma carta pra ler. Não, bobagem. Já li, ia reler. Silêncio. Pois é (ela). Pensei que você não tivesse entendido. Claro que entendi. Custou a vir. Por que não me esperou lá embaixo? E se tivesse alguém à sua espera? *Es-po-sa*, disse, colocando a mão na minha, a esquerda. Sabe que a aeromoça disse que não tinha ninguém atrás de mim? O quê? Ela sabe? Vi quando foi falar com você. Posso dizer *você*? Faça o favor. Novo silêncio. Então, gostou? Foi ótimo. Foi? Quer dizer, vai ser melhor ainda. Não estou entendendo. (Será ela?) Você estava no voo de Manaus? Manaus?! Não, não, vim de Salvador. Ah... (Essa promiscuidade nas esteiras.) Que houve? Que cara! Decepcionado? Não, absolutamente. Seu nome? Nome?! O que você faz? Toco piano, disse baixo. Até com os pés. (O sonho bobo de todo homem: uma pianista nua, concerto exclusivo. Nunca, diz Tâmara. Vai morrer seco.) Vou falar a verdade (também baixinho): *quando te vi, me deu uma vontade doida de correr e te abraçar, te morder todo.* Hein? Agora já passou. Pena. Mas a gente se vê qualquer hora. Toco para você. Mozart, *Don Giovanni*, só o início. *"No inverno prefere a cheiinha,/ no verão a mais magrinha..."* Me ligue quando quiser. Eu calado, libertino, esposa, filhos, casa. Professor sempre tem boa memória. Deu o número, levantou. Quando tira, fica a marca. Não vai esquecer? Repeti. Bom, já guardou. *Don Giovanni* e tudo. Tudo o quê? Você vai saber, disse quase no meu ouvido. Toca pistão também? Depende. Tchau. Abri o envelope, o papel estava dobrado em quatro. *Gil, não sei se atende em casa, mas vou te ligar. Seu toque é divino.* (Quem? E o número?)

•••

Conheci Tâmara quase ainda adolescente, falante, quanta energia. Aos 22 (dela), nos casamos. Vinte e dois. A empinada altivez dos vinte e dois. Arfar de coração e blusa (parece uma fruta que não existe, eu dizia, e ficava vermelho). *Tumenina. Tumenina. Todaflor reclama todatenção.* Noivos (coisa antiga; era assim), na rua, um sujeito disse para ela: "Ô teteia da minha vida!". Machão, dei uma cotovelada no cara. Ai, Amor, por que você fez isso?, ele está bêbado. Tocha olímpica, não apagava nunca. Que saúde em cada ausência de tecido – qual mulher não gosta de mostrar (discreto decote, corte na saia), não mostrando, o volume dos seios jovens, as pernas saradas na bike? Quem não sabe se vestir não sabe se despir. Qual não frequenta o espelho? Vulcão todo dia. Nunca mais nossas pequenas maratonas. Quando digo que quero mel, se fecha. Tanta posição de amar e nenhuma. Um cambista na avenida: opa, opa, opa, quanta mulher dando sopa. Dei a ela *Cartas*, de Joyce e Nora. "Depravação. Pura depravação", disse e fechou o livro. Vulcão apagado. A fruta murchou, a fresta acabou? Agora, dois adolescentes, engordou, é outra mulher, tudo em declive. Sugeri procurar o Pitangui, me saiu com esta: "Só se tirar com pauzinho".

Tem fé, joga na mega. Hipocondríaca. Não tem nada, exames OK. O dentista: bobagem, isso é apenas uma hemodia. O que é isso, doutor? Exacerbação da sensibilidade dentária, acompanhado de rangido, ocorre quando há superacidez. Na casa dos pais, parece atriz. Tagarela, alegre, vamos, Amor, temos muita coisa pra fazer. Em casa, se cala. Onde é ela, lá ou aqui? Mas ainda guarda um cartão meu, versos de Drummond, tempos de namoro: *Quero me casar/ na noite na rua/ no mar ou no céu/ quero me casar. (...) Depressa, que o amor/ não pode esperar!* Pulei de propósito a estrofe que fala de uma noiva loura morena preta ou azul etc. Ciumenta, poderia dizer: não sou nenhuma dessas. Tumenina. Revejo uma foto recente, recente?, anos 90. Ela pega um livro na biblioteca, a janela aberta, o sol acende seu cabelo – ele soube contornar o corpo – ou o fotógrafo (eu) conseguiu captar aquela luz. Perfil ainda sereia, toda feliz, grávida de Beatriz. Fomos colegas na faculdade. Ela trabalhava na Fiesp, naquele prédio que imita pirâmide, símbolo do poder e tal. Num dia de chuva com sol, revelou-se (que sen-si-bi-li-da-de): a parte da frente do edifício, inclinada em curva suave, com a água caindo lá fora e luz atrás, parece uma árvore de Natal vista de dentro, disse. Um dia fui vê-la, ainda não tínhamos nada. Fez questão de me levar de volta até o elevador. Na plaquinha: *Para subir um ou descer dois andares, use as escadas.* (Não é boa a dica? Picas.) Venha ver de onde vi a chuva – me puxou, ninguém perto. Pela escada. Porta corta-fogo. Ou porta-fogo? Aberta a todos os riscos. A chama crescendo, vermelha, crescendo. Estávamos nos primeiros degraus, senti (certeza ou engano?) que ela ia me morder ali – e o barulho, vento ou descuido? Logo, a moça do café apareceu e se desculpou: "Essa porta é fogo!". Corta.

•••

Cheguei em casa, mais surpresas. Ela estava de saída. Oi, Gil, foi tudo bem? Não pude ir, desculpa. Liguei, te avisaram?

Depois a gente se vê. Os meninos foram dormir na sua mãe. (Nem um beijo.) O que é isso, Tâmara, o que houve? Nada, nada, estou atrasadíssima. Mais suor frio. Toca o telefone, ela atende. (Pronto, *é ele*.) É pra você, tchau. Quem é? Não sei, deve ser aluna. Alô. Professor Gilberto? Pois não. Viagem boa, não? Quem está falando? Não sabe? Por favor, acabo de chegar, estou supercansado. (Tâ estátua na sala.) Tem certeza de que não sabe quem é? (Na porta.) Boa-noite, digo e faço que vou desligar. (Ela sai?) Nem imagino. Obrigado pela *massagem*. O quê? (Desligou.) Esperei, esperei. Entro para o banho, repetindo o número da morena de Salvador.

•••

Estou na sala, folheio Toulouse-Lautrec. *Mulher nua diante do espelho*. (Tâ, antes dos filhos?) Que corpo, que altivez. Êh, baixinho genial. O telefone volta a chamar. Deve ser minha mãe ou o Júnior. Alô. Oi, eu de novo. *A lavadeira*, óleo. (Tâ quando jovem?) Já tomou banho? (A mesma voz, Mozart ao fundo.) Que mão, hein? E você tem pé de anjo... Como conseguiu meu telefone? Isso a gente descobre fácil. Está sozinho? Hum-hum. E sua mulher? *A gorda Maria*. (Fico calado.) Saiu? Você vem? Onde você está? Pertinho. Logo aqui. Agora? Por que não? Não vai se arrepender, tenho certeza, Don Giovanni. Clarim, *¿sí?* Não fui a Buenos Aires. Tolo, o trompete... Nem sei o seu nome. Te digo aqui, no ouvido. Onde é? Preste atenção, não anote nada. Disse, repetiu, repeti. Me visto e saio, digo. Quero uma massagem total. Várias. Como? Sei muitas. Quais? Normal, massagem. Massarinho, massagem com carinho. Booomm. Carinhagem, carinho com massagem – é diferente. Sei. O que mais? Tem uma mais interessante. Ótimo. Qual? Massacanagem. Promete... Como você gosta? Com uva. Hã? Daquelas sem semente... O que mais? Clarineta... bem devagar. Todas as notas? Todas. Até o fim, sem perder uma. Tudo? Tu-di-nho. Uva sem semente, não disse? Posso escolher mais? Diga. Piano sem nada? Claro. Daquele jeito? Talvez. Venha looogo... quero com-ple-ta-ta, total. Quer mais? Sopro a palavra verso, prosa. Ela faz *hum, hum...* Não dói? A gente finge que sim. Mas primeiro... Primeiro e terceiro. Olha a promessa, depois eu cobro. Tem outras coisinhas. Por exemplo? Barulho na porta. Oi, o que foi? (Não falo nada.) Ei, você está aí? Ela está chegando. Quem sabe também não quer? *O sofá.* Te ligo, me diga o número. Vai (*Mademoiselle Marie Dihau*) ao piano, a um canto, mudo há décadas, foi de alguma avó, morta em outro século. Eu já tinha desligado o telefone, mas não houve jeito de esconder o óbvio, como no avião. Quem pode prever o próximo gesto de uma mulher? O telefone toca de novo. Deixa tocar, diz. E toca... *Don...* Que bom, você está pronto, ai, já tá pingando. Por você. Ela deixa cair o vestido (pira), Rodin, não sabia que você tocava (olímpica), *Giovanni*, calmo vulcão descoberto. Chego perto – chama, hálito de bebida, cheiro de homem? *Mulher tirando as meias.* A fruta madura. Levanta-se, me morde... ali, lá. Faz, faz, Gil, faz muito. Faz, Amor. Quero tudo. Muito, muito. No banquinho, no chão, nas paredes. Olhos virados, lágrimas, gritos, vulcão na sala. Agora, daquele jeito. Antes, *aquilo que você gosta.* Quase todas as notas. Verso e reverso. Posso? *Hum, hum...*

pode, pode, vai looogoviado. Tonta. Vai, vai tudo, tudo, berra, *tu-do*, sacanagostosofédaputa. Nora, Joyce, crianças. Demora, mas um dia todo vulcão explode. E adormece. Cubro-a de leve. Pego o telefone. Oi, tô indo. Silêncio. Ei, você está aí? Ai, Gil, estou desativada. Deus fez o mundo à toa.

Para Francisco de Morais Mendes e Ronaldo Cagiano

OUTRA VIDA PARA DONA OLÍMPIA

I

Vejo, a distância, o padre ouvir confissões. Vim por sugestão de minha nora. Uma semana, a Santa, de orações e recolhimento aqui. Fiquei mais uns dias, Festa do Divino. Vou para a primeira fila de bancos, à direita. Ele está à esquerda, ao lado do altar, a menos de dez metros de mim – ou eu do padre? Atende uma adolescente. Ouço a voz dele, mas não apreendo as palavras. Me concentro, olhos e ouvidos, palavras soltas, "você", "sim", "também", "sabe". Quem vê de repente, sem olhar direito, tenho a impressão de que as mãos da moça estão nas pernas do padre – ele, trinta e poucos, magro. Fala mais do que ela, gesticula (comecei a olhá-los já iniciada a confissão). Em certo instante, santo Deus, o que é isso?, o padre toca – sim, toca, safado, com um dedo, dois? – o braço da moça. Parece ter muita alegria por estar ali com ela, quer retê-la. Não posso aturar isso. Chego a imaginar ou a entender que ele sussurra: "Isso não é pecado, minha filha". Será que disse mesmo? Ela às vezes se descontrai, mas em geral fica calada, mãos nas pernas (usa calças compridas), bem composta. O padre se mexe, estão lado a lado, não há confessionário, quase não usam mais, nem numa cidade tão religiosa. Ele faz gestos, até parece teatro, não estou gostando nada disso. No fim, põe as mãos diante da cabeça da moça – compenetrada, contrita, ela recebe o perdão divino. Levanta-se. Vem (vai) outra moça. O padre parece mesmo gostar daquilo. Ajeita-se no banco, a jovem senta-se. Começa a falar, ele diz qualquer coisa rápida, a cena é quase igualzinha à anterior. Parece conversa de velhos amigos, conversinha sinuosa, amofinando a moça. O padre faz mais gestos, amplos, maestro sem orquestra, com as duas mãos, leves, soltas. Em alguns momentos, ri, riso ligeiro. Isso são modos de um padre? Se estica no banco, ouve, fala, se mexe. Faz o gesto do perdão. A moça levanta-se, sai, parece tranquila, aliviada – de quê, meu Deus? Houve momentos em que pensei que ele dizia: "Eu também faço isso, minha filha". Ou: "Isso não é nada". A próxima é uma senhora negra, humilde, mais ou menos da minha idade. O primeiro gesto do padre, antes ainda da mulher assentar-se, é olhar o relógio. Ela senta-se, o padre se ajeita no banco, retraído. A senhora – bela saia preta com figuras discretas pintadas; apenas umas folhas amarelas, quase na barra da saia, se destacam –, saia de bom gosto (o padre nem deve ter notado) – a senhora começa a falar, de maneira serena mas humilde, humildade natural, parece até que chora (o que pode ter feito de errado uma senhora assim, Senhor?), o padre ouve, calado, semblante pesado, faz a mulher se sentir mais culpada ainda, no olho dele está escrito: "Pecadora". Deixa a mulher sofrer durante a confissão de suas faltas, onde a indulgência de Cristo? Atire a primeira pedra, seu padre. Não lembra o mesmo confessor que faz pouquinho estava diante das duas moças, aquelas bonitinhas ali, que agora rezam nos bancos laterais, ajoelhadas, na frente da imagem do santo. O padre se mexe, impaciente. Fala pouco, sem grandes gestos. A confissão não é longa – ah, bem mais breve do que as das jovens. O padre repete lá o teatrinho dele, as mãos levantadas sobre a cabeça da mulher, desta vez mais solene, determinado, ator. Ela, cabeça baixa, compungida, recebe o perdão do homem impaciente – que apressado, seu padre. Chega ao meu lado um senhor bem-vestido, banho recém-tomado, cabelos úmidos, barba recém-feita, óculos grandes. Esse tem grana. Quer saber se há fila para a confissão. Digo-lhe que ali ao meu lado, não, mas do outro, sim. O próximo é um rapaz negro, pobre, quase mendigo, bem malvestido, deve ser sua roupa mais limpa e nova. A mulher se ergue. O padre olha para os bancos (os de lá. Não há mais nenhuma moça. O próximo será o pobre negro – pobre – ou mulato) e se levanta, estica o corpo, ai que cansaço. Vai (vem) até a frente, do lado em que estou. Alguém mais quer se confessar?, pergunta, olha o relógio (não voltou a olhar para o outro bloco de bancos) e movimenta a cabeça e o pescoço (incomodado, impaciente) como quem faz ginástica: "Estou (*estava, padre*) há (*havia*) três horas ali". Parece mesmo cansado. O homem quer se confessar e pergunta se ele volta (o padre adianta-se e diz que às oito – são sete e meia – estará de volta). "Antes das oito, eu volto. Ou está precisando muito?", pergunta ao homem. Vejo na cara do padre: "Ou tem de ser agora, pecador?". "Não, não. Estou em paz." "Oito horas eu estou de volta." (Não era *antes* das oito?). Tudo bem, o homem parece ter respondido. O padre entra, o homem sai. Fico mais um pouco. Peço a Deus por todos, pelo Alfredinho, pelo Gil, pela Tâmara, pelos netos, especialmente pela Carol, meu anjinho, por todos, Senhor, saúde e paz, muita paz, Senhor, que o mundo está precisado, menos ladrão e padre igual a esse aí. Depois me encontro, cruzo com ele umas três vezes lá fora, nem me olha. Parece aliviado por ter escapado da confissão. Será que voltou mesmo? O povo se aglomera diante da catedral para assistir ao descendimento (que palavra, mas é essa, está certo) da cruz. Há um enorme tablado cercado por cortinas verdes, é possível ver apenas o alto da cruz. Dou uma volta. No caminho, encontro figurantes em trajes de cena, mulheres em longos mantos bíblicos. Um velho deficiente – ia dizer aleijado (ele não anda com os pés, nos joelhos há pedaços de pneu e, nas mãos, dois apoios também com borracha embaixo) – se aproxima do meio da praça enladeirada diante da igreja – um imenso teatro descoberto, que coisa linda, meu Deus. Vou ao bar próximo tomar água mineral e marco o lugar onde está o homem – um velho, chapéu virado pra cima – para depois alcançá-lo. Quero ouvi-lo e lhe dar o troco. Ele diz qualquer coisa, uma lamúria incompreensível, e para a cada passo. Posso dizer passo? Mãos à frente, depois os joelhos, os dois juntos, leves, as pernas atrofiadas, palitos de osso e pele, rosto gigantesco de dor, ele atrai olhares. Só curiosidade. Volto e o homem não venceu mais de dois metros, não pingou uma moedinha no chapéu, a minha a primeira. Daí a senhora não vai ver nada, alguém me diz. Fico ao lado dele, bem ao lado, cão de guarda, muda, com medo de que alguém lhe pise as mãos. A praça se enche, bem que me disseram que era uma festa bonita. Pergunto a uns garotos que olham o velho se o conhecem, um diz que não, você não é daqui?, sou, e nunca o viu?, não, é a primeira vez. Uma atração nova. Ao meu lado, um casal de namorados. Ela, da terra. Ele, de fora – ou pelo menos estuda fora e veio para as festas. A guarda romana, numerosa, barulhenta, se aproxima. Um padre (não é o das confissões – estará ainda descansando ou tocando mais mocinhas?) vai ao púlpito de madeira trabalhada e fala, fala. As cortinas são abertas, belo quadro – quase 50 figurantes, ricos trajes, cores vivas em cetim, compõem a cena bíblica. O padre faz longo sermão pela fraternidade, uma pregação bonita, fala do amor de Deus pela humanidade ao se tornar homem – até cair (*"e cai!"*) na história da humanidade, fala do pecado, do trabalho, dos salários de miséria, da falta de trabalho para os jovens e os mais velhos, da ladroagem e muitas outras coisas. "O que leva uma divindade a se tornar homem?" O seu infinito amor pelos homens (palavras dele, do padre). Pede que tirem o cravo da mão direita (ou esquerda) de Cristo, depois da outra, os braços descem no largo pano branco. Em seguida, o cravo dos pés, a coroa de espinhos (ou a guarda romana chegou no final?, não me lembro mais, essa minha cabeça não guarda mais tudo). O casal – o rapaz reconhece um senhor amigo dos dois, logo à minha frente. Ele sobe um pouco na rua de pedras e no tom e fala da festa, a maior da terra, conheço de Ouro Preto, São João del-Rei, ninguém tem uma guarda romana como essa, em Ouro

Preto são doze guardas, aqui, 120, eu contei. Ele. Diz que ela vem desde o tempo do Tijuco, Arraial do Tijuco. Quando?, o rapaz pergunta, quando começou? E o homem cita alguém que me escapou (preciso descobrir?): a guarda foi trazida por não--sei-quem (quem?) da França, era a guarda de Luís XV. De Luiz 15?!, admira-se o rapaz. À esquerda do palco (esquerda de quem olha – para ele, é natural), uma figura se destaca pela expressividade: uma jovem de olhos bem abertos, mãos à frente, sem piscar ou mexer um dedo. Grande atriz, penso, e deve estar feliz num papel tão bem vivido. Sua mãe veio? O que é aquilo? Sangue descendo pelos cantos da boca? Preciso atualizar os óculos. Que coisa – uma imagem de Maria, que acompanhou a procissão. Antes, Verônica entoou seu canto – triste, triste – e desenrolou a imagem de Cristo no pano e a enrolou de novo. A procissão sai, o padre pede paciência e calma (todos estão calmos e pacientes, padre), nenhum tumulto (só há paz por aqui), o máximo de respeito (*psiuuu*). A procissão segue. Olímpia atrás. Eu.

II

O que mais leva gente ao mercado, nas manhãs de sábado, é a carne. De rês abatida no mato. Vem suja de capim e terra. Higiene, *higiente*, quem responde? Imaginar que a cidade era puro diamante. O mercado vive imundo. Chão enegrecido, paredes encardidas, cheiro de coisa passada, sem trato. Odor de mercado velho. Limpeza não existe. No máximo, uma varridinha – e olhe. Lá, além da carne, há rodas de homens e moças –

quase todos (todos?) – das fazendas. Elas, fazendas estampadas, desbotadas, algodão. Dia de negócios e de abastecer a despensa. Alguns homens negociam uns poucos diamantes. Despejam nas mãos o picuá de pedrinhas, mostram, recolhem logo, brilho fugaz, sem magia, quanto suor. Há bares humildes. Num deles, um negro quase mendigo toma uma sopa fervendo, cor indefinida: no meio do prato fundo esmaltado, há dois pedaços de carne. Há dois pedaços de carne no prato fundo branco. Aguardam vez. O homem fica assim – posição imutável, um quadro: a mão esquerda no lado esquerdo da cabeça, parece tampar a orelha (silêncio e sombra), ou sustentar a cabeça. A direita segura – quanto vagar – a colher. Não tem pressa em comer, um certo enfado ou cansaço – não de comer – mas diante da tarefa de comer, diante do peso do corpo em pé, encostado no balcão.

O homem fica assim – sem sair da posição: a mão esquerda no lado esquerdo da cabeça parece garantir o silêncio ao ouvido, ou escorar a cabeça. A direita maneja – quanto vagar – a colher de aço inox. Grande, boa concha. Fumaça, sim. O homem come parece sem nenhuma vontade, sem nenhuma pressa. Apenas certo enfado ou cansaço – não de comer, mas diante da tarefa animal de comer, diante do peso do corpo, o balcão é apoio. Balcão no apoio, um quadro, minha Beatriz. São dez da manhã clara – é café ou almoço ou única refeição do dia? Passo ali de novo, depois de dar uma volta pelo labirinto do mercado, dez minutos depois, o homem pega a carne (enrolada, já disse?) com a mão suja, o prato agora semivazio. Ainda está quente, sai fumaça. A mão esquerda no lado esquerdo da cabeça. Na direita viaja a carne. Sigo, ele fica na cena. Olho as carnes verdes (vermelhas), um caixa-açougueiro vem saber se quero alguma coisa, paz, digo que não, estou só olhando. Pode olhar ("Não muito", pensa?). Ele olha e tira o olho. A peça é esquisita – parece, vou dizer, parece que está viva (ou quase). O boi (ou vaca?) não queria morrer, derramou toda a dor, toda a angústia, nos músculos, em todo o corpo, uma carne nervosa, dura, gelatina animal, desossam tudo ali, à luz e poeira do dia. Numa caminhonete há um quarto de boi sobre um toldo melado de sangue, moscas, muitas moscas barulhentas. Carne de porco também é retalhada ali. Parece tudo suspeito, tudo parece suspeito. Só posso comer frango nesta cidade. O mercado se abastece e vende em dois ou três pavimentos (dois internos, três com as lojas externas, na rua de baixo, início do arraial, íngreme, hoje poucos carros, vagarosos, silêncio. Quase no fim dela, fica minha pousada, simples, mas confortável e limpinha. Me basta. Vou e volto devagar.). O mercado é quase todo escuro, em boa parte, negro, sujo, sujo – secular, modelo, dizem, das curvas de Niemeyer lá sabemos onde. O futuro, atrás. Há moscas na carne, já disse?, muitas, graúdas, fortes, ruidosas. Se não houvesse tanto lixo lá fora – ninguém tira, todos jogam (colaborem, por favor) –, haveria menos moscas na carne.

Igreja do Amparo. Quando a gente entra pela primeira vez em uma igreja deve pedir três graças. Meu pai dizia até nove podia, nem uma a mais. Duas moças uniformizadas – alvas blusas passadinhas – na entrada. Entro, penso nas graças a pedir, no meu Alfredo, vou até o meio e volto, tal o ar de mofo, fico sem poder respirar. Comento com a moça que me acompanha ou está mais perto. Digo-lhe que a igreja precisa ser arejada, por que não abrem as portas laterais? Agora mesmo está com sol, aproveitem, se abrir melhora bastante. Não pode. (Porta não foi feita para ser aberta?) É tudo muito difícil. Eu ajudo, ela diz. O pessoal aqui (os moradores, todo mundo) toma conta das igrejas como se fossem dele. É difícil abrir uma igreja. Ficava fechada. A gente fez curso de guia, aprendeu muita coisa, mas não está conseguindo nada. Para abrir uma igreja, a senhora precisa ver que demanda que é. Vou saindo. A senhora não vai assinar o livro? Desço a rua.

Penso: converso ou não com o preso que está à janela gradeada da frente, ao lado da igreja – qual?, tantas – onde tem o cruzeiro tomado pela árvore que nasceu depois, são muitas lendas. Será que esse preso me viu ontem à noite ali, olhando o céu limpo, as estrelas piscando? Velha biruta, pode ter pensado. Faço um sinal com a mão para ele, eu o cumprimento, ele estranha, manhã de sol, levanto o polegar sem sentir, responde com a mão direita balançando na horizontal. Tem bom semblante. Está em paz? Mesmo sinal. Pegar nove anos por uma coisa à toa. Sua história: há dois anos cumpre pena por porte e venda de uma "buchinha assim". Não teve advogado, não podia pagar. Se apresentou sozinho ao juiz, que lhe deu aquela pena tão grande. (Seriam de três a quinze ou doze.) Reconheceu que errou, gostava também de fumar, mas nada vale mais do que a liberdade. Ficar atrás das grades é um sofrimento, a senhora não imagina. Passa um senhor, 60, 70 anos, que o reconhece: "O que foi? O que você aprontou?" "Uma bucha de fumo." O velho balança a cabeça, diz *ixe* e sai. Olho o homem, 33 anos, barba crescida, a reclamar justiça. Não roubei nem matei e estou aqui e tem gente que matou, estuprou, roubou e vive por aí, solto, soltinho, até mandando. Vou tirar a pena toda aqui. Num grau só. Ele não sai para tomar sol, nunca saiu, se recusa. É, o sol é bom pra saúde, mas também é custoso ver o sol e não poder sair, ter de voltar. Há um sargento lá que já o algemou porque ele não quis tomar o sol da manhã – das oito às nove ou das nove às dez, não me recordo, faz diferença? Já pensou? Estou preso e ainda algemado, com as mãos pra trás, porque não quero tomar sol. "Só" um fez isso, fez com ele e com um colega. São 22 ou 23 presos. Vinte e um? O homem é da terra, tem um filho de cinco anos, não gosta que ele vá visitá-lo. O filho vê o pai atrás das grades, sabe que fez coisa errada... O homem fala com clareza (lembra quem?), com pesar, mas sem rancor, parece contente por ter alguém para ouvi-lo, é minha oração do dia. E já te bateram? Pelo menos até agora, não. Também já estou condenado. Bater pra quê? Pergunto se ele faz alguma coisa lá, se reza, se lê, estuda. Não, nada. Aqui é muito escuro, só tem luz de noite, fraca, e a gente quer descansar, dormir. Tem vez que a gente pega uma revista, mas não tem alegria em ler aquilo, quer é sair. Sair, minha senhora. Tem dia que rezo, não sei se adianta alguma coisa. Queria um trabalho fora da cadeia, e mostra o lixo na frente: eu podia limpar aqui, deixar no jeito pro caminhão pegar, mas não deixam. Tem dois anos de bom comportamento. (Como de bom comportamento? – pensa lá o sargento –, nem quer tomar sol.) Pediu para passar a Semana Santa fora, e eles deixaram? Estou aqui conversando com a senhora, ainda bem que a senhora apareceu. Ninguém fala com a gente. Juiz e delegado deviam ter sido presos pra saber o que a gente sofre. Mas não, eles estão no bem-bom. A gente que se lasque. Só pobre fica preso (eis a novidade, Pai), rico não, paga advogado, até juiz. Desde sempre, para sempre? O filho de não-sei-quem matou, ficou três dias aqui, saiu. A distância, um guarda me observa, da entrada do casarão, mas não diz nem faz nada, nenhum gesto, só o olhar de reprovação e desconfiança. Converso mais com o preso, que sem eu perguntar nada promete mudar de vida (sempre prometem, rameira e bandido – a cabeça do sargento?) quando sair, vai plantar, quer vida calma. Os amigos (que amigos, amigo?) todos sumiram ("aquele mexe com droga, não quero saber"), mesmo os que fumavam. Errou, reconhece, repete. Estava "numa boa situação financeira", comprou muito para ele – e sabe como é, os amigos pedem, a gente vende –, nem entrei na coisa e fui preso. (Disse isso bem no início da conversa, agora me lembro.)

A cadeia fica na parte baixa, no fundo da cidade – construção velha (foi teatro. Verdade?), úmida. Farsa antes, farsa agora. "Aqui é uma temperatura só." O ano todo. As grades são grossas. Acima delas, há uma parede de tijolos mais nova, talvez para diminuir o vento e o frio. Me despeço. Digo a ele: você vai sair logo. Não pensa em deixar a cidade. "Sou nascido e criado aqui, sair pra quê?" Paz, digo. Ele sorri. Agradece. Depois eu volto. (Quando, quando?) Venha outras vezes aqui pra gente conversar. Saio, entro no adro da igreja, a poucos metros da "janela". O policial diante da cadeia me olha, acompanha meus passos. Ando. Logo adiante, do outro lado da rua, uma espécie de sacolão (em todo lugar), frutas e verduras (bem feias). Mas a maçã nacional está vermelha, viçosa, bonita. De pequena pra média. Escolho três para mim. Peso, pago e saio com elas no saco plástico transparente. Como não? Penso no preso. Poderia levar pra ele. Mas como, não sei seu nome. Se ele não estiver mais na grade? Vou pedir pra chamarem "o maconheiro", o da "buchinha"? Posso – ora, ora – pedir pra chamar o rapaz que estava à janela, ainda agora, o que não toma sol. Aquele guarda pode me ajudar. Decido. Paro. Volto. Vou mesmo. Estou com fome, ele vai almoçar? Chego ao mesmo lugar. O que vou dizer? Sorte, ele aparece. Ô amigo: quer?, pergunto e mostro as três maçãs. Ele balança a cabeça para os lados. "Aceito." Desço. Me aproximo da grade. O policial (aquele) me chama. (Tenho meus documentos na bolsa.) O preso, ao mesmo tempo, pede para eu levar as frutas lá: eles não gostam que... e me aponta a entrada. Vou, entrego as maçãs a outro policial, à paisana, baixo, chamado pelo fardado. Diz: ela quer entregar pro Adão (isso mesmo ou entendi mal?). Dou o saquinho. Lá fora, olho para as grades, o homem reaparece, sem as frutas, mas agradece, sorri, dou adeus. Vão entregar?

Almoço num restaurante simples. O moço pergunta se quero bife. Não, frango xadrez, digo sem pensar.

Caminho lentamente de volta ao meu canto na pousada.

Até as pedras estão tristes.

Seis da tarde. Sinos, sinos. Amém, Senhor.

III

Naquela noite sonhei com coisas antigas e simples, a casa de meus pais, meus avós vivos, senti perfumes suaves (as flores do jardim da vovó?), ouvi vozes esquecidas (vozinho querido, era tão gostoso ouvir suas histórias), revi imagens passadas (eu menina, correndo num parque nem me lembro onde). Acordei viúva. Alfredo duro do meu lado. Não podia acreditar, embora soubesse que isso iria acontecer a qualquer hora. Só gente boa morre assim, dormindo. Nem sei como, logo a casa se encheu de gente, os amigos cuidaram de tudo, eu fiquei passada, devem ter colocado alguma coisa naquele chá. Pouco acordo dei de mim, não posso agora render cópia exata do que se passou. Só me lembro do Gil chegando com os olhos banhados em lágrimas, sonhei com ele hoje, mãe, sonhei com ele... Tâmara do lado, calada, me abraçou como filha e me disse qualquer coisa que não compreendi ou não me lembro, sei que foi bom abraçá-la e ouvi-la. Não posso negar que Alfredo tenha sido um homem bom. Bom para mim, bom para o filho. Gil teve sempre nele um exemplo de correção e graças a Deus herdou a mansidão do pai e também fez um bom casamento, com o perdão da modéstia. Faz gosto ver a harmonia na família naquele lar: meu filho sempre feliz, Tâmara alegre, os três meninos sapecas. Três não, agora só dois, por vontade do Pai, que levou tão cedo a minha doce Carol. Nem meninos mais eles são. Os dois já trabalham e se sustentam. O Júnior passa o dia em cima de uma motocicleta naquela cidade perigosa, pra lá e pra cá, ganha bem, conforme o tanto que trabalha, as entregas que faz, antes para uma boa firma de projetos de prédios, cada um enorme, ele levava as plantas dentro de um tubo preso na garupa da motoca, agora entrega é pizza, todo tipo de comida, ele sempre gostou de andar naquilo, e ainda estudava à noite. Todo dia rezo pra ele. Bom menino, vai longe, esse vai, com a bênção de Deus. Beatriz, Bê, a mais velha, é uma flor de menina. De alma e por fora. Os pais não têm o que reclamar dela, nem eu. Todo ano me manda alguma coisa pelo Natal e no meu aniversário. Artista. Uma ternura inquieta. Saiu ao avô, descobri esses dias umas coisas bonitas que andava escrevendo escondido, nunca me falou nada. Quase sessent'anos do lado dele e esse segredo, segredo do cofre doméstico. Ó peso do tempo. Lembro bem de nosso passeio a Sabará, faz anos e anos. Beatriz ainda está estudando pintura, mas já trabalha sob encomenda. Faz uma arte que poucos fazem. Ganha mais ainda do que o irmão, também parece ser mais vivaldina, é buliçosa, sempre foi, me lembro bem dela pequerruchinha, um diabrete, que cabelinho lindo, meu Deus, ruiva, ruiva, ruiva, até hoje, daquelas verdadeiras. Ainda vai subir muito na carreira de pintora. O Gil me contou que ela já está adquirindo um apartamento próprio, que coisa bonita, nem bem fez vinte e dois anos e já decolou na vida. Deus abençoa.

Lembro muito vagamente do velório e do enterro do Fredinho, meu bom Alfredo, fico tranquila que ele está no cantinho mais aconchegante do céu, isso me consola, mas que dor, meu Pai, que dor acordar assim, sem o marido pra prosear, pra olhar fotos dos netos, tomar café junto, caminhar na pracinha de mãos dadas, almoçar, ver novela. Quase sessenta anos de união, por pouco não inteirava os sessenta. Faltavam só nove. Ah, Senhor, como nossa casinha ficou grande. Vou negar que estou triste? Não vou. Mas tenho de aceitar a Sua vontade, sei que ainda terei muito tempo antes da minha hora, minha chama não vai apagar logo, preciso me acostumar com a ideia de viver sozinha.

Ainda mais agora que o Gil voltou pra São Paulo, pra lida dele, trabalha lá e ainda por cima precisa viajar quase todo mês. Sorte que tem uma esposa compreensiva, afetuosa, que nora boa eu ganhei, Deus sabe que ele merece. Ela me ajudou muito nos dias que passou aqui. Vi que superou bem a perda da filha caçula, por isso posso ouvi-la, o que diz para mim é mais do que conselho, é quase oração, dádiva. Viaje, dona Olímpia, viaje. A senhora já passou a Semana Santa em Diamantina? Pouco me despreguei daqui, só conheço Sabará. Aproveite agora, está tão perto, já é no mês que vem. A senhora está forte, é moça ainda, tem saúde. Viaje, dona Olímpia. Ouvi sua prece, Tâ, minha querida Tâ, sorte do meu filho. Entrouxei as malas, galguei o ônibus.

Como foi bom caminhar pela cidade, conhecer tanta igreja, se bem que andam bem mofadas, não abrem pra ventilar nem tomar sol. A festa é bonita que dá gosto, aquela procissão pela rua, só foi triste ver o padre dar tratamento diferente pras moças na hora da confissão. Desisti de me confessar, acho que nem tenho mesmo nenhum pecado grande. Fiz uma boa ação, conversei com um preso, dei maçã pra ele. Fiquei meio amolentada, mas voltei outra, sei que rezar é bom, mas não é tudo, é preciso viver também, ah, se eu tivesse uns quarenta anos menos, ia começar outra vida, ia pra longe com meu Alfredo, mas antes ia saçaricar à vontade. Ia viajar, viajar, viajar. Podia até ser artista, como a Bê do Gil, que Deus me perdoe se estou sendo ingrata. Mas eu queria ter a gana daquela menina. Ah, isso eu queria.

Para Fernando Granato e Gutemberg da Mota e Silva

CONTO DAS CADEIRAS

1

Ainda não decidi se devo começar a contar pelo início ou fim o que meu pai e um amigo dele, que vou chamar de J. C., fizeram e desfizeram faz algum tempo. Não posso demorar, a bifurcação exige rapidez. Mudo a rota, mantenho o rumo.

2

Passei em frente à casa com papai e cantei, tinha lá meus cinco ou seis anos: "Se eu fosse um peixinho/ e pudesse me atirar/ tirava a bandeja do fundo do mar..." Ele: "Onde você aprendeu isso?". Meu pai sabia que tinha sido na escolinha, a mamãe já tinha contado, ou eu tinha inventado, não lembro mais. Continuei: "Se eu fosse um peixinho/ e pudesse me atirar/

tirava a cadeira do fundo do mar...". Cadeira?! Não era bandeja, menino? Cada hora eu pego uma coisa, pai. Meu pai nunca entendeu os filhos. Só entende dos negócios dele.

3

Papai entrega o envelope ao carroceiro, dá o endereço, ali perto, repete como deveria fazer, o que dizer. Paga, dá um leve tapa no ombro dele e corre na frente, de carro. Fica do outro lado da avenida, na frente do que foi cinema, agora igreja Jesus Dará. Ia perder a cena? Uma mulher atende, pega o envelope e entra. Volta com a velha, já com o papel aberto na mão. *Há dez anos, passando em frente à sua casa, numa brincadeira de mau gosto, pegamos suas cadeiras. Hoje, arrependidos, estamos devolvendo. Nossas desculpas. G. e J. C.* Tudo em letra de forma. Meu pai sofreu pra escrever esse bilhetinho sem graça, rasgou uns cinco, até pedir ajuda à Carol, que sugeriu "brincadeira de mau gosto" para não assustar a velha. Minha irmã tinha perguntado ao papai se ele não ia devolver as cadeiras. "Você é ladrão, pai?"

4

A mulher para, relê o bilhete, depois olha para a carroça. Gira a cabeça para um lado e para o outro, devagar. Fala alguma coisa com a outra. Um cachorro passa na calçada devagar. A mais nova desce a escadinha e começa a abrir o portão, devagar.

O carroceiro vai devagar com as duas cadeiras. Tudo devagar, meu Deus. Meu pai na calçada da Jesus Dará. Na varanda, a velha mostra ao homem onde colocar cada uma. São bonitas, de ferro, uma arte. Estão sem almofadas de assento e encosto. Tina e Dagmar rasgaram, duas cadelas. De dia ficam lá, dormem dentro de casa.

5

Já sei, você pegou uma cadeira, né, *viado?*, papai disse pro J. C. e se sentiu desafiado. "Agora vou ter de pegar a outra." A primeira entrou fácil no fusquinha. A segunda ficou entalada, metade dentro e metade fora, era quase meia-noite, os dois meio altos, do outro lado o pessoal saindo do cinema, J. C. acelerando, *vão'bora, porra!*, papai com a perna mole. A cadeira acabou entrando. Alguém até bateu palma quando o fusca arrancou.

Para Jair Nascimento Filho e Júlio César Guimarães Bacelar

… DÁNAE, MUITO PRAZER

1

Ora, minha senhora! Não tem jeito. Com o marido, não. Só separado. Um de cada vez. Tem gente que aceita, eu não. Não, não é essa a questão. Não adianta. Estilo, a senhora me entende? Cada um é um. Pra fazer bem-feito. É arte. Arte é arte. Vai que faço o casal, ele briga no ato, separa... Ou depois. A culpa vai ser sempre minha. Não quero carregar culpa nenhuma, não senhora. Nem destruir coisa alguma, nada. Um de cada vez. Melhor. Isso, pense.

2

Sim, você faz a transferência, depois confirmo. Meu método. Não, nem verde nem vermelha nem amarela. Não pego em dinheiro. Só faço depois de receber. A coisa funciona assim, não te avisaram? Viu o meu site, não viu? Então?, tá tudo lá. Não precisa de foto, bom é ao vivo, obrigada, na outra encarnação fui modelo do Klimt. A própria... Gustavo?!, não acredito. Vai me reconhecer na hora, então. Sim, sim. Não, não tem jeito. Só depois do crédito na conta. Tchau.

3

Oi, mãe. *Tuuudo*. Papai viajou de novo? Sei, sei. Sim, volto mais tarde. Tô no ateliê do Theo. Pintando, é claro, né, mãe? Qualquer coisa, me liga ou manda um Zap. Não, não vi o Júnior hoje. Acho que ele saiu mais cedo. Tá na luta, mãe, a senhora sabe. Lá não tem moleza, é duro. Liga pra ele, não fique nessa bobagem de se trancar em casa. Saia, mulher, vá ao cinema, depois a senhora reclama que tá gorda. Tem de se mexer, dona Tâmara. Eu? Não exagera. Ainda estou aprendendo, mãe. Só faço rabiscos e borrões, por enquanto. Um dia viro pintora, sim. Faço a senhora. É, tem gente que paga. Ah, mãe, que exagero. Saí nem sei a quem, alguma avó ou bisa. Adora, adora, sei que a senhora me adora, mãe, tanto quanto adorava a Carol, sei muito bem disso. Esquece, mãe, não inventa de chorar. Ela já foi, mãe, babau. Ela tá morta, entendeu? Viva, mãe! Deixa os mortos pra lá.

4

Por que não fui? Muita coisa pra resolver pro apê. É, comprei, vai dizer que não te disse? Mas tá pelado, tenho de vestir ele todo. Claro que financiado, o velho tá ajudando, vou levar a vida toda pagando, arte dá dinheiro? Van Gogh morreu pobre, meu bem. Modelo fatura mais, eu sei, já pensei, mas não quero me expor assim, nem ser cabide de roupa. Posar?, não conheço um que seja decente pra pagar. Sabe de algum? Uma miséria. Ficar paradona lá... Verdade? Claro, topo. Topo na hora. É só você avisar. Posso ir sozinha. Não preciso de agente... Tá bom, se você faz questão.

5

A família pra mim é o máximo, os três no centro do quadro escuro, sentados, o homem atrás, depois a mulher, a criança no chão, a única figura vestida, é bárbaro aquele tom, põe bárbaro nisso, e os olhos deles, dos três, nossa! Perplexidade, incerteza, vazio. Isso? Pulo para o casal sentado, outro astral, mesmo os dois vestidos, ela atrás, abraçando o cara, parece com roupa de palhaço, a perna direita é de cavalo? Veja o aconchego dela, olhos fechados, cabeça colada nas costas dele. Cena de amantes com gato não gosto tanto, ela tem cara de culpa, medo, indecisão, ele meio bicho, quase macaco, estão nas nuvens?, mas parece que não sabem, o gato é o único alegre. Esperança é muito didático, não curto. Morte e vida, sim, é lindo, as três idades da vida, então, bárbaro, bárbaro. O beijo é lindo, um sonho, mas muito, muito o quê?, não sei dizer, muito comportado, é isso, a mulher de joelhos, imagina. Casal de amantes em pé, vista lateral, é outra coisa, veja, os dois *em pé*, ela com a perna esquerda levantada, ele segurando, é maravilhoso. *Nuda veritas* é *de-mais*, iluminada, demais, demais, só tá sobrando ali aquela serpente negra, meio óbvia, pra quê? Como Leda, aquele pescoço de cisne negro... Falo como apreciadora, só, não como estudante ou artista. Divina mesmo é *Dánae*, não acha? Um engraçadinho me apareceu, quase na hora, com blusa e calça roxas, todo alegrinho. Não aguentei, fiz uma cara. Ele perguntou: estou parecendo com quê? Modess usado. Se mancou? Pôs meu blusão nas costas, mangas caindo na frente. "E agora?" Modess usado com abas azuis.

6

Sim, recebi o WhatsApp. Como podia responder? Você não usa uma palavra de amor, de carinho, nada. Tá pensando o quê? Grana pra cá, tudo pra lá? De jeito nenhum, mocinho. Tá brincando. Nem pensar. Caiu na conta, não volta. Não, não, não, meu senhor, não faço estorno na minha poupança. Não, o senhor está enganado, não quero causar dano nenhum a ninguém, mas também não é assim. Se tivesse um pouco mais de sensibilidade. Contrato coisa nenhuma. Trato. Fizemos um trato. E para isso é preciso ter um certo... tato, coisa que o senhor parece não ter nem um pouco. O senhor conhecia muito bem as regras. Não adianta ameaçar nem ficar irritado, meu senhor. Pinto, se eu quiser. Não. Só de dia. À noite eu durmo, me divirto quando quero. Ligue pra quem quiser. Tenho o telefone da dona Laura. O que sugere que eu diga pra ela? Passar bem, meu senhor.

7

Só faço quando dá liga, entende? Uma, duas, no máximo três vezes por semana, ou quatro, *muuuito* raramente. Essa arte cansa. Esse é o perigo. Quando gosto. Muito raro. Acontece. Comigo é assim (estala os dedos duas vezes): aconteceu, está na roda... Estou feliz. Visto minhas asas coloridas, voo. Se for mergulhar no poço, cara, tô perdida. Ele não tem fundo. Isso. Preciso. Pensa que o paizinho ainda me dá mesada? Pintura? Ele pensa que meus quadros. Minha mãe também. O quadro, esse. Trabalho, trabalho, não tem fim. Essa é minha prisão, Theo. Muito prazer, alguma dor. Mas o apê ficou uma graça, você não acha? Que bom, Theo, que você compreende, que bom que a gente pode conversar. Um ex-escravo, acho que da Grécia, dizia conhecer a grandeza do homem e ignorar sua miséria. É, li isso nalgum canto. Na França, um chegadinho ao rei era o contrário: conhecia a miséria humana, mas quase nada sabia de sua grandeza. Sem *sanacagem*, Theo, posso dizer, como o irmão da Jacqueline, que conheço os dois lados. Ô, Theo, tô falando sério, não ri não. Ai, ai. Ai, safado. Safadinho.

Para Moacir Amâncio e Valdomiro Santana

O PÃO NOSSO DE CADA DIA, VOSSO REINO
(intervalo para falar de flores)

Quem não acredita em milagres talvez os considerasse menos impossíveis se desse mais atenção a um sentimento simples e antigo: o amor. Peço ao leitor que, antes de me chamar de piegas, tenha um pouco de paciência e vá comigo até o fim do texto.

Raul Drewnick, *O milagre do amor*

Calma, calma. Calma nada. Você já devia ter decidido há muito tempo. Se quiser, vai. Vai. Pode levar qualquer coisa, até tudo, não me levando. (*Quem dera. Pensou?*). Você acha tudo muito simples, Zenaide Maria, muito fácil. Chega aí escornado. (*Quebra-quebra.*) Para. Já quebrou dois pratos. Dois, não. Posso beber água? Três. Devia te dar era veneno. Está tudo espatifado, como eu. Isso é coisa de selvagem. Nisso que dá casar com primo sem-vergonha. Devia ter ouvido meu irmão. Agora não tenho pai, não tenho mãe não, nem marido, mas ainda eu sou gente, entendeu? Falo alto sim, grito se tiver vontade (*o vento sopra na árvore, moto na rua*). Desgraçado. Nojenta. Sua mãe. Se é que algum dia teve.

— Quem é a coitada?
— Falar isso do filho? É um menino bom.
— Você que escolheu o nome.

– Mas ainda não casou. Depois, conserta.

– Conserta...

Nem tempo pra conversar sobre os problemas de dentro de casa não tem, porque o animal não tem estrutura pra resolver nada. (*Alguém liga um rádio alto.*) Duas horas, duas e meia. Com aquela vagabunda. Me dá sossego... Só porque ela que tem dinheiro, é isso?

– Sério?! O Juan?

– Ele mesmo.

Eu sou pobre, não tenho nada, mas mereço um pingo de respeito. (*Passa um ônibus, predinho treme.*) É você! (*Criança ri alto, nervosa.*) Fico em casa o dia todo pra quando o diabo chegar virar esse inferno. (*O rádio. Outro ônibus.*) Por isso que eu não fui. Você não pode ficar mais aqui não. Sai daqui. Vai pra casa dela, pelo amor de Deus. Vai! (*Bate a porta. Ele se tranca no banheiro. Acende a luz.*) Ela: aparece aqui pra você ver a faca que eu comprei.

– Tenho pena dela.

– Depois toma jeito.

– Outro dia mesmo estava na farra.

– Mas ele só casa pra semana. Ela vai pôr cabresto nele.

– Vamos ver.

Você não sai daí não, não vai trabalhar amanhã. (*Silêncio. En-*

curralado.) A semana que vem eu vou pra... embora. Pra qualquer lugar. Não complica as coisas mais não. Que complicar o quê!

– Na alegria e na tristeza...

– Sim.

Êh, mulher *cha-ta*. O trem tá feio pra danar. (*Quem conhece não esquece.*) Quer parar? Abre aí. Que abrir o quê! Eu não vou fazer nada. Abre logo.

– Meu Juanito.

– Todinho seu, Maria*.

Eu vou arrebentar, vou acordar todo mundo, você vai ver. (*Ele abre.*) Cadê a minha sandália? Taí. Agora você vai resolver. Eu sei que você está mal... Fala pra mim que é mentira. Mais fácil é eu sair, porque você é covarde. (*Fala como se latisse, sem parar, chorando.*) Com a outra lá você pode sair, comigo não. Já chega. Tá achando o quê? Agora decide: ou eu ou ela. (*Silêncio.*). Ai, amor, por que você faz isso?

Para Apollo Natali, in memoriam,
e Raul Drewnick

* Ave, Mestre Dalton!

A BRISA NA VARANDA

I

Quem seguir a trilha de um homem encontra coisa. Abaixo de Deus, o marido, minha mãe me ensinou. Fui criada para amar um homem, para viver com ele. E sofrer, isso ela esqueceu de avisar. Quem conheceu César não sabia o que ele daria. Teríamos filhos, muitos. E seríamos felizes. Muito. Mãe sabe tudo. Eu que sei. Fiz o que mamãe ensinou. E o que o médico mandou. Segui as datas, tentei, tentei. Nem filhos nem nada. Uma filha, pelo menos para mim. Eu a amei mais do que César, acima mesmo de Deus, com o Seu perdão, Pai.

II

Habituado à vida sem filhos, nunca aprovei a ideia de Palmira de adotar uma criança. Se Deus não quis, eu tentava apelar para o seu lado carola, para que insistir? Poderíamos viver mais tranquilos, criança tira o sossego do casal, depois cresce, casa, esquece os pais. Palmira bateu o chinelo. Venceu. Pegamos Tâmara ainda bebê, escolhi o nome, ao menos isso. Cresceu bonita, linda, não vivi sequer um dia sem pensar que ela não era nossa filha, minha filha. Nem poderia ser, ruiva como é.

III

A vida mudou depois da chegada da Tâ. Ela arejou a casa desde que transpôs o umbral da porta da sala nos meus braços. Que alegrão para nós três! Operou milagres em mim, em César, em tudo. Tive leite, o médico explicou que isso é normal quando a mulher adota uma criancinha. César ficou mais quieto em casa, passou a trabalhar mais, não havia domingo nem dia santo de folga. Queria garantir o leite da Tâ, quando o meu acabasse, a roupinha, a escola, o estudo. Ela teria tudo, ele dizia sempre, e a beijava sem parar. Nessa época tive muita fé, pensava que minha mãe tinha razão. César vivia alegre, era amigo de todos. Até ganhei uns quilinhos, ele também passou a comer mais, engordou, não rejeitava um prato novo que eu fizesse, um doce. Nossa filha era nosso orgulho. Ainda é.

IV

Logo no início da adolescência Tâ revelou uma certa rebeldia, as asas cresciam, queria galgar altitude própria. Vivia no espelho, a mãe incentivava, aquilo era normal na idade. Mais de uma vez gritou comigo e com Palmira, ela perdoava. Crescia em mim um bicho. Aquela garota não era minha filha, nunca seria, nunca será, ainda que Palmira tenha colocado nela o meu nome. Passou a me vigiar, a mãe, digo, minha mulher. Confesso que me faltou coragem para sair de casa. Era Tâ que me segurava ali. Aquele diabo sem meu sangue fazia estufar minhas veias.

V

César não aceitava, de nenhuma forma, que Tâ namorasse. Mato quem se atrever, eu mato, repetia. Era sério ou loucura? Tive ódio, muito ódio, ele que sempre me prendeu, me sufocou, agora queria tolher a menina. Eu não podia ir a lugar nenhum sem ele, que saía sozinho quando queria. Quando íamos a uma festa de aniversário, a qualquer coisa, eu não podia conversar com ninguém, só com ele, só com ele, tinha de ficar o tempo todo a seu lado. Ah, fui ficando de um jeito, de um jeito. Quase enlouqueci. Tâmara era aplicada nos estudos, entrou fácil na faculdade, logo conseguiu um bom estágio. Aí, conheceu o Gilberto, agora meu genro. Parecia um rapaz de ouro, o companheiro que ela merecia e nunca tive. Se César se atrevesse a impedir aquele casamento, ah, eu o teria matado, mataria sim, sem dó. Mas não fez nada. Aprovou. Entrou com ela na igreja, distinto. Vieram os netos. Nunca pensei que fosse tão intensa a felicidade de ser avó. Hoje ando desconfiada do Gil, viaja muito, tento abrir os olhos da minha filha, ela reluta em enxergar. Pelo menos eles não andam às turras como os vizinhos, essa Maria mole aí e seu marido safado. Depois do quebra-quebra fica mansa, tudo volta ao antes. Graças a Deus que os filhos estão bem encaminhados. Mas Ele levou a filha caçula, a Carol, uma joia de menina. Acidente. Não sei não se o Gil não foi culpado.

VI

O casamento de Tâ deixou a casa vazia, sem ar, sem luz. *Passei a ter mais tempo para mim e para o César.* Para mim e para Palmira. *Ele seguia me vigiando, eu não lhe dava trégua.* Ela me levava sob vigilância. *Um dia ouvi uma voz desconhecida, nítida, sussurrante: "Louco, sua mão me queima". Acordei. Procurei César na casa toda. Estava sentado num canto da cozinha, olhos abertos, ferrados num ponto, longe, nem me viu. Não tive compaixão. Ela devia ter saído naquela hora. Voltei para a cama e chorei. Não posso mais confiar nele.* Numa noite de insônia, fui para a cozinha, sem fazer nenhum barulho. Antes, liguei a TV na sala e desliguei logo, passava uma bobagem qualquer. Ela chegou, me viu sentado no chão, não disse nada. Voltou para o quarto. Só penso nela. Tâmara.

VII

Palmira recusa-se a acreditar em mim. Não acredita em ninguém. Ela me acusa de ter furtado o reboque para lancha que trouxe hoje. Onde você conseguiu dinheiro? Sou aposentado, mas tenho minhas economias. Para que isso? Você tem barco? Nem tem aonde ir. Meu sangue ferve. Quer saber? O Gil, seu genro querido, é ladrão de cadeira! Deixa de tolice, aquilo foi coisa da juventude. E já devolveu. Juventude? Até o Júnior já tinha nascido, Palmira. Esta você não sabia, César: a santinha da Olímpia, mal ficou viúva, foi se divertir em Diamantina. Foi rezar, você sabe, e por sugestão da Tâmara. Uma senhora de quase setenta anos, por favor, Palmira. Mas precisava dar maçã pra bandido na cadeia, precisava? Evinha serelepe. Por que insisto em viver com essa mulher?

VIII

César passou a falar de todos e de tudo, falava coisas sem ponto nem vírgula. Deu para criticar os netos. Os *seus* netos. Sabe onde o Gil está estudando agora? Num colégio bicho-grilo (e levanta e abaixa as duas mãos, alternadas, dedos em vê, cara de idiota feliz). No meu tempo, o nome disso era pagou-passou, era boate. Não entende que o rapaz trabalha muito e precisa de uma escola adequada. Vive em cima da moto. Sei, sei, não é mole passar o dia inteiro trepado nela. É duro, muito duro. Tem inveja do sucesso da Beatriz, a doçura da Bê. "Sim, ganha muito bem, é uma puta pintora." Não precisa falar palavrão, sei que ela pinta muito bem. Não dá conta das encomendas. Só a morte dele pode me fazer feliz.

IX

Quando disse a Palmira que a Bê era uma puta pintora, tive vontade de completar: "Uma prostituta safada, isso sim". Vó cega, neta amolada. Melhor ficar quieto. Busco outra munição. Para você sou o diabo, quase gritei, mas o santinho do Alfredo tinha outro filho! O quê?! Filha. Ficou louco? Fora do casamento. De onde tirou essa estória? Estória, não. Verdade, história. Foi o próprio Gil, seu genro, quem me contou. Na noite em que o pai morreu, sonhou com ele. O velho disse: "Filho, preciso revelar um segredo. Você tem uma irmã, mas sua mãe não sabe". Ela riu. Ora, ora. Sonho para você é realidade... Espera eu acabar. Se fosse só o sonho, não tinha nada mesmo. Mas no velório chegou uma mulher pro Gil e disse: "Irmão". E o abraçou. Ele olhou e teve certeza na hora: ela era a irmã dele. Não se deu por vencida: "Vai ver era só uma evangélica que foi levar o abraço ao filho do morto...". Vai ver, Palmira. Ele deixou escrito, não leu? Aquilo é coisa de poeta, César. Ó peso do tempo, tudo inventado. Ó peso da culpa. Vai, Palmira, vai ver se é a Tâmara que está ligando.

X

Não sei o que ele faz com o dinheiro. O meu, guardo. Quem sabe o amanhã? Pude trabalhar fora? Exercitar minha arte feito a Bê? Os netos fizeram os sonhos dos avós. Liguei para Beatriz, você pode pintar aqui em casa? Sua avó anda louca, queria um quadro seu, pinta? Nem quis ouvir a resposta. Pinto, pinto, pinto. Não perguntei nada. Ainda vou pintar tudo, igual minha neta, César. Vou ser artista ainda. Como sua neta. Por que não some?

Para Joseana e Harley,
Jussara e Custódio,
e para Sílvio Fiorani

TROYES

I

– Tâ, minha filha, seu pai largou tudo.
– Meu Deus!, o que houve, mãe?
– Ele foi embora, Tâ.
– Pra onde?
– Sei lá. Pra sempre.

II

Palmira espanta a mosca do nariz.
– Por que ele fez isso, mãe? Por quê?
– Você não conheceu seu pai, Tâmara.
– Eu amava ele, mãe.
Palmira pisca. A lágrima cai, quente, gorda, no lábio do marido.

Para Antonio Veluziano e Manuel Cardoso

FOGO BAIXO, LABAREDA

Pai, meu pai, por que me deixou sozinha, por quê? Por que você permitiu que a mamãe fizesse isso conosco, pai? O plano dela era só me tirar de perto de você, nada mais, hoje percebo muitíssimo bem. Ela te calou, pai. Ela sufocou você. Tirou do seu lado a única pessoa que te compreendia, sei que é inveja, ciúme, insegurança, fraqueza dela. Ah, pai, como pode uma mulher ter ciúme do marido com a filha? Só se ela for uma louca, será que não é? Por que você não foi forte, pai, por que não impediu que eu me enganasse com esse Gil, esse Gilberto, pai, que me encheu de ilusões, me deu alegria, sim, muita, até o dia em que saiu com a Carol e voltou sozinho. Minha mãe me levou de você, pai. Meu marido levou minha filha de mim. A filha que era minha pepita, minha verdadeira fortuna. Sim, ela queria tudo, ela queria tudo para ser feliz, pai, ela queria que nós cinco, nós todos fôssemos nós. Uma família.

Ela não voltou e acabou o sossego nesta casa e dentro de mim, pai, acabou o sonho, acabou tudo. Minha mãe é louca, pai? Minha mãe desconfiava, desconfiava de qualquer coisa, desconfia até hoje, desconfia não, acusa, garante que é verdade o que não viu, o que não existiu. Desde que ela imaginou, é verdade. E o que é verdade ela não quer acreditar, não tem coragem de acreditar. Então eu invento que é mentira, aí ela acredita. Eu contei pra ela, pai, que sonhei que você me viu na escada, você embaixo, eu em cima, eu tinha 15 ou 16 anos. Você dizia, no sonho era você mas parecia que não era, você dizia Tô vendo sua calciinhaa... Que isso, pai, ficou doido? Você ria, ria e corrigia, Men-ti-ra, Não tou vendo na-da, você tá sem na-da, tô vendo tu-do, você tá sem cal-ci-nha... Contei pra ela e ela quis saber que dia foi isso. Foi sonho, mãe. Pesadelo, quero dizer. Não minta, Tâmara, não minta. Seu pai é capaz de tudo. Que dia ele fez isso? Pai, o que eu podia dizer? Minha mãe desconfia de você, de mim, do Gil, só não desconfia da loucura dela. As viagens do Gil, ela acha que tem alguma coisa nessas viagens. Não coisa de mulher, que isso nem ligo mais. Não adianta ele querer cantar de galo se não tem mais crista. Posso falar a verdade, pai? Se não fosse você naquele sonho, ah, pai, seria tão bom... Posso falar outra verdade, pai? Senti uma coisa, uma vontade. Com o homem do sonho eu faria tudo, pai, tudo. Por que era você? Aquele olhar de safado doce, safado querido, safado amado, safado tesão, pai. Não, não era você, era? Vou falar mais uma verdade, pai. Sabe quantos anos faz que nós dois, nós dois, Gil e eu, não... nada?, que não fazemos a coisa direito, completa? Sete anos, pai. Sete. Sete anos que a gente não... Perdi a vontade, sou uma fruta seca, virei gordinha, mas por dentro sou uma fruta seca. Nem tiro mais a roupa perto dele, pai, nunca. Há sete anos a gente só faz *coisinha*. A gente, não. Ele. Ele faz, eu deixo. Fico quieta. Depois que a Carol não voltou, a vontade acabou, acabou tudo. A mamãe não percebe nada, pensa que sou feliz, ah, ela só suspeita de absurdos, de invenções da cabeça dela. Agora deu pra falar das viagens do Gil pra Manaus. Eu digo: Bobagem, mãe, a senhora desconfia de tudo, de todo mundo. Ele vai a trabalho, mãe. A empresa tem fábrica lá, a senhora sabe. Olha o que te digo, filha! Pensa que não conheço a raça? Veja o seu pai. Não digo nada. Não concordo nem discordo, pra não me entristecer mais. Abra o olho, Tâmara. Vivo com ele aberto, mãe – penso, mas não falo. Desde o dia que aconteceu aquilo com o seu pai... Aquilo o quê, mãe? Não se faça de boba, Tâmara, não vá dizer de novo que foi sonho. Sei que foi verdade, seu pai sempre... Para, mãe. Para, para. Aí, ela muda de alvo. Você já viu o que o Gil traz naquela pasta gorda? Mexer nos papéis dele? Seria quase assinar o atestado de óbito. Quem o vê assim, gentil, um cordeirinho, não imagina como ele é, como pode ser violento. Um crápula, mãe. Não inventa, minha filha, não inventa.

Ciumento desde que o conheci, eu inocente de tudo, pai. Sabe que uma vez quase derrubou um pobre bebum com um soco na rua porque ele me chamou de teteia? "Teteia da minha vida." Eu ri. O homem devia ser mais gente do que ele, pai. Nós íamos casar no mês seguinte. Ah, se eu pudesse voltar o calendário. Como não percebi isso a tempo? Hoje vejo que ele sempre foi um grosso, um tosco, um tarado, só quer me agarrar.

Nunca chega perto de mim para fazer um carinho, dar um abraço desinteressado. Vai colocando logo as mãos na minha bunda, nos meus seios. Me beijando melado. Ai, que nojo. Você está falando de quem, Tâmara? Do seu pai? Como você sabe que ele é assim? Não falei, pai?

Quando ele me visitou no trabalho, uma vez, na hora não percebi, só depois entendi que a Florinda me salvou quase de um estupro na escada. A gente nem namorava ainda, mas aquele olho dele que na época me parecia de paixão, amor, sei lá, hoje sei que era de gula, de tara, ele ia me morder, me engolir entre dois andares, mas por sorte a Florinda apareceu com a bandeja do café. Eu tinha dito pra ele que o prédio parece uma árvore de Natal por dentro, uma coisa linda, ainda mais quando chove com sol atrás. E o chamei para ver de onde vi a chuva. Ele foi, calado, alegre, daquele jeito meio brincalhão de que eu gostava tanto e me parecia tão natural e gostoso. Obrigada, Florinda. Um estupro na Fiesp, já pensou, pai?

Professor. Professor. O Gil nunca deu uma aula na vida. Umas aí ligam para ele, digo que são alunas para não dizer outra coisa. Ele faz que não ouve. Foi sempre assim, faz ouvidos moucos quando não quer entender. Pelo menos não inverte a coisa, feito a mamãe. Onde fui me enfiar, pai? Veja pra onde você me empurrou, mãe. A senhora me avisou, avisou? Não, a senhora me empurrou pro primeiro que se interessou por mim, a senhora queria me ver bem longe do papai, era só isso, só isso. Segredo era a norma da casa, mãe, da família, sempre foi. Júnior e Beatriz vão pelo mesmo caminho, os dois fechados em segredos. Desde que a Carol foi embora, parece que também fui. Apaguei. Não tenho mais motivo nenhum para rir. Meu sorriso ficou preso, enjaulado, atrás dos dentes. Viver assim é viver, mãe? Estou sendo enterrada viva, meu pai. É bom que ele viaje, mãe. Em todo caso, é bom. Nesta última vez foi um sossego. Uma semana de paz. Os meninos, ah, meninos?, dois marmanjos, quase não param em casa. Se deram bem na profissão, são independentes, pelo menos isso. Não preciso me preocupar. Eles se viram bem. Principalmente a Bê, uma artista. O Júnior se matava de trabalhar numa firma de engenharia, entrega as coisas – papéis, plantas – de motocicleta, a senhora sabe. Motoboy, não é isso? Hoje entrega comida. Ele é cuidadoso, mesmo assim fico preocupada. Vai largar isso logo que passar no vestibular, mas está ganhando bem. Não tanto como a irmã, mas os dois se viram bem lá fora, um sucesso. Li, toquei piano, folheei livros de arte, o tempo passou devagar, fui ver dois filmes sozinha, com quem iria? Comi uma pizza inteira sozinha. Faço tudo sozinha. Ele tinha me pedido para ir buscá-lo no aeroporto, quer me fazer de motorista, ele sabe que não gosto de ir naquela lonjura, é tão mais fácil pegar um táxi, me perco nessa teia de aranha que são as ruas da cidade, quando erro o caminho é um inferno achar de novo, nem sei como estacionar lá, leva a Beatriz, ele disse, ela sabe, quem sabe o Júnior não pode ir dirigindo? Tudo pra controlar. Ele quer saber de tudo, pai, de todos. Não posso nem respirar sem ele perguntar "O que foi?". Os meninos não suportam mais, caíram fora, mergulhados na vida deles, ainda bem que não dependem do pai pra nada. Têm tudo de bom, carro novo, viajam, a Bê já está comprando um apartamento, tem sorte esta menina, parece que choveu ouro em cima dela. Desde que nasceu, ruiva daquele jeito. Todinha ruiva. Mais do que eu. Logo vou ficar mais sozinha ainda. Não demora, vai o Júnior. Motoboy gosta de sair solto, gosta de perigo, o que posso fazer, meu pai? Eu disse que sim, iria buscá-lo, talvez com o Júnior e a Beatriz, com a Beatriz era mais certo. Falei com sinceridade, confesso. Pensei mesmo em ir. Tinha decidido ir.

Chegou o dia e me deu um desânimo só de pensar que ele iria chegar. Ia ser aquela coisa falsa de novo. Oi, Amor, que saudade. Saudade o escambau. Abraço de gambá, mãos interesseiras. Aquela coisa besta de noite, se encostando, se esfregando, eu dura, parada, ele, pinto pinguento, insistindo, vem, amor, só uma coisinha... Um nojo, depois ter de me levantar, lavar, enxugar as pernas, cobrir o lençol com uma fronha pra conseguir dormir. Decidi não ir coisíssima nenhuma ao aeroporto, até fui boazinha, liguei antes, deixei recado na caixa postal. Não ia ficar em casa pra ele me encontrar feito uma dondoca, uma idiota com saudades, não queria seu abraço pegajoso, sua boca asquerosa na minha, as mãos com endereço viciado.

Que semana boa, pai. A casa toda pra mim. Toquei dez, quinze vezes *Don Giovanni*, de Mozart, que aprendi há mais de vinte anos. Uma ópera machista, mas é uma maravilha. Nunca vou tocar pra ninguém, não tenho coragem, nem pra quem. Pra você, pai, para o homem daquele sonho, eu tocaria. Até para o Gil, quando nos casamos, eu teria tocado, se mamãe não tivesse me proibido. Larga de ser boba, Tâmara, quer jogar seu marido no colo de outras mulheres? Ah, se eu me apaixonasse de novo! Se a Carol, meu sol, estivesse aqui, eu tocaria até pra ela mesma. Olhei Monet e Renoir, adoro, adoro. Nós dois gostamos de pintura, Gil e eu, nisso combinamos. Ele gosta mais de Gauguin e Lautrec, gosto também, mas Renoir e Monet são soberbos, incomparáveis. Ele só vê sacanagem nos quadros, pai, procura mulher nua, até vestida ele vê com olhos libertinos. Veja que coisa linda, digo, mostrando o *Retrato de Irène Cahen d'Anvers*, de Renoir, aquela garota ruiva lindíssima. Você acha que ela era bonita assim?, pergunta. Esse retrato é da filha de um financista, deve ter pago uma nota. De quando mesmo? 1880? Ih, ela já tem mais de cento e trinta anos. Deve estar horrorosa.... Abro o volume, aparece *Na Praia*. Paro, e não me canso de olhar, tenho saudades de mim mesma, de quando eu não sabia nada, pai, como essa moça de olhos puros sentada numa cadeira de vime, olhando mansa para o pintor, para a gente. Veja esse quadro aqui, ele diz, *Odalisca*, ela tá vestida, mas é pura luxúria, veja os olhos dela, Tâ, parece que quer tudo, tudo. Esse Renoir sabia das coisas também. Olha essa série de banhos... Porco Gil. Vejo a foto de Renoir velhinho, quatro anos antes de morrer, o olhinho ainda brilhando, na cadeira de rodas, ele não merecia isso. Curto mais a fase míope do Monet, ele foi perdendo a visão, seus quadros perdiam nitidez e cresciam em sombra e luz. Isso é arte. Estudo ao ar livre, mulher olhando para a direita, Estudo ao ar livre, mulher olhando para a esquerda. O vento, a luz, tudo ali. E as versões da *Ponte japonesa*? Monet ou Renoir? Fico com os dois. Só. A família toda curte arte, a única coisa que nos liga, liga não, a única coisa que temos em comum. Cada um tem seu gosto. A Bê ama o Klimt, vienense. Também gosto, mas o acho meloso, obsceno. O Júnior é vidrado num tal de Fischl,

Eric Fischl, um americano. A irmã espicaça com ele: esse seu Fischl aprendeu com Klimt; aprendeu não, copiou meu Klimt, veja aqui esses desenhos. E vira as páginas com uma coisa horrível, mulheres de pernas abertas, uma se masturbando, Seminua deitada para o lado direito, Seminua sentada com os olhos fechados, outra virada para trás. Esse Rapaz Mau aí, seu Bad Boy, é cópia, ele só pôs cor, essa persiana aí com o sol listrado dando nela até que é legal, pôs essa carinha aí, o mauzinho com jeito de babaca, essas bananas... O Júnior não liga, quem não aprendeu com alguém? E começa uma lista infinita de quem copiou quem, e mostra, ela responde, e todos têm razão.

Desisti de buscar o Gil – cadê os meninos? – e me preparei para sair. Júnior de plantão na rua, rodando, Bê no estúdio, pintando, estudando. Me atrasei, eu já estava pronta, quase saindo, quando ele chegou. Fui fria, distante. Oi, disse. Não pude ir, mas avisei, viu meu recado? Os meninos foram dormir na sua mãe, disse só pra magoar, a mãe dele mora em Minas, e os meninos estão por aí, metidos na arte deles. Aí, o telefone tocou. Atendi. Deve ser uma aluna, disse e saí, sem fazer barulho. Parei um pouco na sala. Por favor, acabo de chegar, estou supercansado, ele falava. Boa-noite, e desligou. Saí.

Saí sem rumo, pai. Se soubesse onde você está eu iria atrás de você. Fui até a esquina pra pegar um ônibus, pensei em ir ao cinema, qualquer filme, desde que não fosse depravação. Eu estava sozinha no ponto, apareceu um homem bêbado, você não acredita o que ele disse. Não, não foi Teteia da minha vida. Hoje ninguém mais fala isso pra mim. Onde que é, aqui ou ali?, ele perguntou. Pra onde o senhor que ir? Pra mi-nha ca-sa.

Onde o senhor mora? Pra direita ou pra esquerda?, ele perguntava sem parar. Pra cima ou pra baixo? Mas onde é a casa do senhor? No seu coração, minha filha. Pai, o que eu podia dizer pra ele? Nem a minha casa sei onde é, pai. Pelos gestos dele deduzi que a casa era para o lado de cima. É por ali, eu disse. Ele agradeceu, Obrigado, minha donzela... E desceu a rua. Depois apareceram uns caras fumando, no ônibus é proibido fumar, mas no ponto todo mundo fuma, solta a fumaça no rosto da gente, o cabelo, a roupa, fica tudo fedendo. O ônibus demorava, os caras começaram a me olhar de um jeito que não gostei, estava vendo a hora de um deles fazer alguma besteira. Desisti de ir ao cinema, voltei para casa. Sem a Carol, só sei desistir, desistir. O porteio do prédio fez uma cara... E disse O professor já chegou, eu sei, respondi, sem olhar pra ele. Não sei o que deu em mim, pai. A coisa voltou, a vontade voltou. Naquela noite tudo ia começar outra vez, acendeu uma labareda dentro de mim. Entrei em casa e encontrei o Gil de roupão na sala olhando Toulouse-Lautrec, é um tarado mesmo, não liguei, estava bonito, apetitoso. Fui direto ao piano, resolvi tocar *Don Giovanni*, nem sei por quê. Resolvi. O telefone tocou. Eu disse deixa tocar. E comecei a executar Mozart. O Gil não acreditava no que via. Fiz o que ele nunca imaginou que eu um dia fosse fazer. Sentada no banquinho, abri e deixei cair o vestido, tirei tudo, devagar, fiquei nuinha. Todo homem tem essa tara boba: uma mulher nua tocando piano pra ele. O Gil foi chegando perto de mim, vi mesmo sem olhar que sentiu o cheiro de cigarro, e deve ter pensado besteira, ele sempre acha que cigarro é cheiro de homem. Toquei com a alma, pai, com o corpo em chamas.

Toquei e cantei. *Da loura costuma elogiar/ a gentileza/ da morena a constança, da grisalha a doçura...* Vem, Gil, pensei. Vem, hoje vamos fazer tudo. Ele veio sem arrulhos, calmo, em silêncio, tomou minhas mãos com leveza e me deu um beijo na testa. Levantei, abracei meu marido como há anos e anos não abraçava, em brasas, ele me enlaçou como se eu fosse vinte anos mais nova, como se eu não fosse gorda, como se meus seios ainda estivessem firmes, como se eu fosse a mulher mais deliciosa do mundo, pai. Mordi o Gil, pai, mordi, lambi, sôfrega, faminta, fiz tudo, faz, Amor, quero tudo, muito, muito. Gritei, arranhei as costas dele, ia fazer o que ele mais gosta. Tentei, tentei. Teve jeito? Ele não funciona mais, pai, o pinto pingando, minguado, bambo, sem decisão. Levanta isso, homem, tive vontade de gritar. Ia adiantar, pai? Fiz tudo, faria tudo o que ele quisesse, pai, tudo, como ele sempre quis, frente e verso, de ponta cabeça, no braço do sofá, na quina da cama. Tu-do, tudinho. Até uva sem semente, que nunca topei. Faria tudo. Se ele conseguisse. Vi suas lágrimas, se ele não viu as minhas foi porque não deixei. Pai, por que você foi embora, pai? Por quê?

Para Carlos Machado e Marcos Wilson Spyer Rezende

LIVRO II

AMOR RADIOATIVO

Para Clara F. Winck e Milena Morozowicz
E para Eva e Fernando Camarano, in memoriam

1

Ela sempre sonhou com a França, país da liberdade. Os opressores da Polônia reinavam em Berlim e Petersburgo. Agora está em Paris. Pela primeira vez respira em uma nação livre. A carruagem a leva ao sonhado palácio. Tudo a encanta, o Sena, as ilhas, praças, monumentos – e lá embaixo, sim, as torres da Notre-Dame. Depois de subir o *boulevard* Saint-Michel os cavalos reduzem o passo. Está chegando. É ali. O veículo para. A moça ajeita a saia de lã, tromba sem querer numa vizinha antes de descer e diz *excusez-moi* num francês tímido. Marya corre em direção às grades do prédio – em obras, lembra uma enorme serpente que muda de pele. O frenesi de operários, o entra e sai das salas de aula. Laboratórios. Então lê no papel colado na parede da portaria umas palavras encantadas: República Francesa, Faculdade de Ciências – Primeiro Semestre. Os cursos começam na Sorbonne em 3 de novembro de 1891.

2

Silhueta graciosa, bonitos cabelos louro-acinzentados, semblante nublado, tímida e séria, obstinada. Anjo de invisíveis asas. Sem amigos por ali. Seu tempo era para estudar. Quem é, perguntam pelos corredores. Nome arrevesado, Marya Sklodowska. Uma jovem imigrante polonesa, aluna de Ciências. Nas aulas de Física, está sempre na primeira fila. Extasiada. Como pode existir alguém que ache a ciência assunto árido? Nada mais fascinante que as regras que governam o universo. Diante desses fenômenos encantados, ligados por elos de harmonia, ordem na aparente desordem, como são vazios os romances e contos de fada. Poucas relações com franceses, fecha-se entre os compatriotas na chamada Polônia livre, pequena colônia no Quartier Latin. Vida simples, pobre, monacal. Levara alguma economia do trabalho como governanta em sua terra e recebia pequenas somas do pai, um professor de matemática culto e desconhecido. Nada de diversão. O frio a castigava absorta em longas equações. Marya só lamentava uma coisa: os dias eram curtos. Não percebia os progressos alcançados, só o que faltava fazer. Não fosse o apego ao trabalho, o desânimo viria. Economizava até no carvão para aquecimento. Passava semanas a pão com manteiga e chá. De vez em quando permitia-se um banquete: dois ovos ou um chocolate e uma fruta. Muitas vezes sentia-se tonta ao levantar da mesa de estudo. Mal caía na cama, perdia os sentidos. Quando voltava a si, não sabia por que havia desmaiado. Furioso com a dieta da moça, um médico lhe faz uma receita: bife com batatas. Marya devora o remédio e se

96

reabastece de energia. Mas logo voltaria a viver de brisa. Seu único sapato (há muito com a sola furada) dá de si. A compra de outro par reduz por semanas a sua comida.

3

Casamento (ou "essa estéril febre a que chamam amor") não estava em seus planos de vida tão carente. Então apareceu um certo Pierre Curie, cientista, 35 anos, solteiro. Ela, 26. Primeiro encontro num laboratório, simpatia mútua. Envia a ela cópia de seu trabalho mais recente, *Sobre a simetria nos fenômenos físicos – Simetria dum campo elétrico e dum campo magnético*. Dedicatória: "À Mlle. Sklodowska, com o respeito e a amizade do autor, P. Curie". Para ele, Marya era uma pessoa assombrosa, uma polonesa de gênio insulada numa vida estoica que só pensa na obra que tem como meta. (Anos antes, ela escrevera numa carta: minha cabeça arde de tantos projetos. Sou toda futuro. Serei, até o último dia, um fósforo em cima de outros fósforos.) Como era adorável conversar com uma jovem encantadora usando apenas fórmulas complexas e termos técnicos. Ela resistia. Acabou por aceitar a visita a seu canto. Pierre sentiu apertado laço no peito ao ver tanta pobreza, mas percebeu a harmonia entre a forte personalidade de Marya e o ambiente humilde. Marya estava mais bela do que nunca naquele vestido batido, feições de ardor e tenacidade. Devoção ao trabalho, coragem e nobreza de ânimo. Ali pulsava um grande espírito. A moça escreveria depois sobre o interessado colega: impressionei-me com a expressão do olhar claro e a aparência de abandono daquele homem alto. A palavra lenta e refletida, a simplicidade, o sorriso ao mesmo tempo grave e jovem inspiraram-lhe confiança. No meio de um assunto científico, ele lhe diz *Gostaria que conhecesse meus pais*. Havia muito em comum entre as duas famílias. Ela está quase de partida para a Polônia. Mas volta em outubro, não volta? Ainda levou alguns meses para Pierre a pedir em casamento. Casar com um francês, abandonar a família e o país tão castigado? Isso tinha um gosto de traição. Os poloneses não têm direito de abandonar sua terra. O cientista escreve no diário: é preciso fazer da vida um sonho e de um sonho uma realidade. A mãe de Pierre manda um recado pela irmã de Marya: não há ninguém no mundo que valha o meu Pierre. Que sua irmã não hesite. Será mais feliz com ele do que com qualquer outra criatura.

4

Longos meses de indecisão. No décimo, aceitou. Joseph, seu pai, lhe manda uma carta de Varsóvia: Você acerta seguindo os impulsos do coração, Marya. Nenhuma pessoa de bom senso vai poder censurá-la. Como a conheço bem, estou convencido de que sua alma será sempre polonesa, e você nunca se afastará da nossa família. Também não vamos deixar de amá-la nem de tê-la sempre como nossa. Marya escreve a uma amiga: quando receber esta carta, eu já terei mudado de nome. Vou me casar com o homem de quem falei a você em Varsóvia no ano passado. É muito doloroso ficar para sempre em Paris, mas o que fazer? O destino nos ligou tanto, que não podemos suportar a ideia de vidas separadas. No dia do casamento, o pai de Marya chama o sogro da filha de lado e lhe diz: Você terá em Marya uma filha digna de toda a afeição. Desde que veio ao mundo, nunca me causou o menor desgosto.

5

Nos primeiros dias, o novo casal percorreu a França de bicicleta, almoçava pão com queijo e fruta, dias e noites de encantamento. Apartamento simples, quase vazio. Livros, duas cadeiras emprestadas e uma mesa com tratados de Física, um candeeiro a querosene e um vaso de flores. Era tudo. Os dois recusaram a mobília oferecida com insistência pelo pai de Pierre. Uma eventual visita ficava pouco. Marie (estudou culinária em segredo antes de se casar) ajustava a chama do gás sob as caçarolas do almoço com o rigor de físico e descia correndo as escadas para alcançar o marido a caminho do precário laboratório. Quinze minutos depois, com o mesmo cuidado, regulava a chama de um bico de Bünsen. Irène, a primeira filha, chegou no segundo ano de casamento. Marie assume as duas tarefas, de mãe e cientista. Seguia determinada, ainda sem saber rumo ao descobrimento mais importante da ciência moderna. Conheceu e aprofundou os estudos de Henri Becquerel – sais de urânio emitiam radiação espontânea de natureza desconhecida, mesmo sem exposição à luz. Colocado sobre uma chapa fotográfica envolvida por papel preto, um composto de urânio gravava uma impressão na chapa. Mais tarde Marie Curie chamou esse fenômeno de radioatividade, mas ainda eram um enigma a origem e a natureza da radiação.

6

O casal ficou fascinado com o que Becquerel descobrira e se perguntava de onde viria a energia que os compostos de urânio liberavam em forma de radiação. Uma questão que merecia ser investigada. Ir atrás de algo que ninguém sabia. A Escola de Física em que Pierre ensinava permitiu que Marie usasse, como laboratório, um armazém térreo, pequeno e úmido. Ali o casal ajeitou máquinas precárias. Clima ruim para equipamentos de precisão e para a saúde de Marie. Depois de examinar os corpos químicos já conhecidos, ela descobriu que também compostos de tório emitiam radiação espontânea parecida com a do urânio. E a radioatividade se revelava muito mais forte do que se supunha possuir a quantidade de urânio ou tório no material examinado. Aquilo era extraordinário. Qual a origem dessa radiação anormal? Uma explicação: esses minerais deviam conter alguma coisa muito mais radioativa do que eles mesmos. Que substância seria? Marie examinou todos os elementos conhecidos da Química. Então concluiu: os minerais possuíam uma substância radioativa – devia ser um elemento químico ainda desconhecido. Meu Deus, um novo elemento! Entusiasmado com o progresso da mulher, Pierre abandonou suas próprias pesquisas para ajudá-la. Todos os elementos do minério de urânio foram separados e medidos. As pesquisas do casal apontavam para dois novos elementos e não apenas um. Marie deu o nome de polônio, homenagem à sua pátria, ao primeiro elemento. Isso era julho de 1898. Em dezembro, Pierre e Marie anunciaram o segundo novo elemento que encontraram, e deram a ele o nome de rádio. Sim, ele existia, mas nunca fora visto. Seu peso atômico era ignorado. Os Curies iriam penar mais quatro anos no modesto laboratório para provar a existência do que descobriram. O laboratório. Ali morava a felicidade.

7

Eles conheciam o processo de isolamento dos novos metais, mas precisavam de enorme quantidade de material bruto. O polônio e o rádio se escondiam no minério de urânio. Minas da Boêmia tratavam o minério para extrair sais de urânio usados na fabricação do vidro. Um minério caro, mas Marie sabia que, mesmo após a extração do urânio, o polônio e o rádio permaneciam intactos. O casal conseguiu do governo austríaco uma tonelada daquele refugo e passou a mexer naquilo num barracão abandonado perto do laboratório das primeiras experiências. Marie escreveria mais tarde: "Foi nesse velho e arruinado barracão que passamos os melhores e mais felizes anos de nossa vida, inteiramente devotados ao trabalho. Eu levava muitas vezes o dia inteiro mexendo uma massa em ebulição, com uma barra de ferro quase do meu tamanho. Ao anoitecer, estava exausta". A passagem do século os encontrou ali, onde trabalharam durante quatro anos, de 1898 a 1902. Marie era uma verdadeira fábrica em sua bata branca manchada de ácidos, cabelos revoltos pelo vento, no meio de uma fumaça azeda que invadia os olhos e a garganta.

8

Quarenta e cinco meses depois de os Curies terem anunciado a existência do rádio, a obstinada Marie chegou a seu objetivo: separou um decigrama de rádio puro e determinou seu peso atômico. Era a certidão de nascimento do novo elemento. Anos depois, em artigo para a *Enciclopédia Britânica*, escrito com modéstia na terceira pessoa, a cientista afirmou: "Somente em 1902 Mme. Curie teve êxito na preparação do primeiro decigrama de sal de rádio puro, tendo determinado seu peso atômico. A separação do bário foi feita por um processo de cristalização fracionária. O trabalho provou-se extremamente difícil na prática, em razão das grandes quantidades de material que tinham de ser processadas. Posteriormente, Mme. Curie fez uma nova determinação de seu peso atômico e preparou o rádio metálico". E acrescentou: "O novo método usado por P. Curie e Mme. Curie para a descoberta do polônio e do rádio – análise química controlada por mensurações da radioatividade – tornou-se fundamental para a química dos radioelementos; e serviu desde então para a descoberta de outras substâncias radioativas".

9

Vitória no laboratório, colapso no orçamento doméstico. Pierre ganhava 500 francos por mês, parte ia para a babá de Irène. Ele candidatou-se a uma vaga de físico-químico aberta na Sorbonne em 1898, salário de 10 mil. Resolveria a situação. Só que sua candidatura foi recusada. Somente em 1904 ele conquistaria a cadeira graças ao reconhecimento mundial de seu talento. Pierre ficou então com um posto inferior na universidade, que lhe reservava cursos de menor importância. Marie passou a dar aulas numa escola feminina, perto de Versalhes. Os dois trabalhavam tanto, nas pesquisas e nas escolas, que se enfraqueciam dia após dia, sono e alimentação insuficientes. As pernas de Pierre mal aguentavam o corpo, ele caiu de cama; Marie andava tão pálida que os amigos do casal ficaram apreensivos, mas resistia. A descoberta da radioatividade esgotava os Curies.

10

Marie cumpre o ritual de toda noite. Sobe as escadas da casinha para atender Irène, que a chama impaciente. E ali fica o tempo necessário para a criança dormir. Pierre é ciumento e possessivo, nem consegue pensar direito longe dela. Quando Marie volta para o térreo o marido está mal-humorado: você se ocupa muito com essa menina. Ele caminha pela sala. Ela, sentada, costura um pequeno avental para a filha. Não consegue se concentrar na tarefa. Larga o pano. De pé, diz a Pierre: e se voltássemos *lá* por um instante? É o que ele também mais quer. O rádio, como um ser vivo, os atrai. Pierre e Marie se agasalham e retornam ao laboratório que deixaram apenas duas horas atrás. Ela pede *Não acenda a luz*. Lembra quando você me disse que queria que ele tivesse uma cor linda? A realidade superava o sonho. Mais do que uma linda cor, o rádio tem luminosidade espontânea. Olhe, Marie diz baixinho. Sentados, olham. Ali está outro filho deles. Pierre põe a mão de leve nos cabelos da mulher. Ela nunca se esqueceria daquela noite.

11

O rádio era um pó branco semelhante ao sal de cozinha, mas que potência: dois milhões de vezes mais radioativo que urânio. Seus raios venciam matéria dura e opaca. Somente uma espessa camada de chumbo conseguia detê-los. O melhor de tudo, quase um milagre: o rádio poderia ajudar na luta contra o câncer. Sua extração deixou o caráter de experiência, estava aberto o caminho para a industrialização. Em países como a Bélgica e os Estados Unidos faziam-se planos para a exploração de minérios radioativos. Mas apenas o casal Curie conhecia os segredos de sua produção. Pierre e Marie conversavam sobre isso numa manhã de domingo. Eles tinham acabado de ler uma carta de norte-americanos que queriam explorar o rádio e pediam informações. Temos dois caminhos, Pierre disse à mulher. Podemos descrever sem reserva os resultados da nossa pesquisa, incluindo os processos de purificação. Marie fez um gesto espontâneo de aprovação e disse *oui, évident*. Ou, então, continuou o marido, podemos nos considerar donos ou inventores do rádio, requerer patente do processo de tratamento do minério de urânio e garantir uma percentagem sobre a fabricação do rádio em qualquer parte do mundo. Marie pensou alguns segundos e disse Não, Pierre, não pode ser. Isso seria contrário ao espírito científico. O rosto de Pierre, em geral sério, iluminou-se. Então vou escrever a esses engenheiros americanos, dando-lhes a informação que pedem. Cerca de quinze minutos depois eles pedalavam a caminho dos bosques. A fortuna não estava em seu projeto científico. De noitinha, voltaram para casa, flores silvestres nos braços.

12

Dezembro de 1903. No dia 10, a Academia das Ciências de Estocolmo anunciou que o Prêmio Nobel de Física do ano era de Henri Becquerel e do casal Curie. Além da consagração mundial, o prêmio já representava muito dinheiro. Aceitá-lo não contrariava o espírito científico. Os Curies distribuíram o valor recebido: presentes e empréstimos ao irmão de Pierre, às irmãs de Marie, ajuda a sociedades científicas, doações a estudantes poloneses e a um amigo de infância de Marie. O modesto apartamento do casal ganhou um banheiro melhor; e o quarto, papel de parede novo. A celebridade tirou a paz dos Curies. Telegramas e telegramas, artigos na imprensa, pedido de fotos e autógrafos, cartas de inventores, poemas sobre o rádio. Nos Estados Unidos, um cavalo de corrida ganhou o nome de *Marie*. Pierre desabafa em carta a um amigo: fomos perseguidos por jornalistas e fotógrafos de todos os países do mundo, chegaram até a reproduzir conversinhas da minha filha com a babá e a descrever o nosso gato pampa. O casal abomina o rumor da glória, só quer sossego para trabalhar. Nossa vida ficou inteiramente desarranjada com as honras e a fama, Marie escreveu em 1904.

13

Quase esgotada, Marie teve a segunda filha em dezembro daquele ano: Eva, gordinha, cabeleira preta em caracóis. Logo retomou as atividades na escola e no laboratório. Nas poucas vezes em que o casal aceitava convites oficiais, Pierre usava sua casaca reluzente; e Marie, seu único vestido de gala. Pierre conquistou uma vaga na Sorbonne em meados de 1905. Quase perde, eleito por pouco. A inveja movia os votos para o outro candidato. A universidade criou para ele uma cadeira de Física, o que Pierre mais queria. Laboratório decente só oito anos depois, mas somente Marie pôde usá-lo.

14

Duas e meia da tarde de quinta-feira, 19 de abril de 1906. Dia chuvoso em Paris. Pierre deixa a Faculdade de Ciências, onde almoçara com colegas, e caminha a passos ligeiros na chuva. Distraído, começa a atravessar a Rua Dauphine. Quando sai de trás de uma carruagem, dá de frente com uma pesada carroça, o cavalo a galope. Pierre tenta agarrar-se ao peito do animal. O cavalo empina, os pés do cientista escorregam no chão molhado, o carroceiro puxa as rédeas. Mas a carroça segue seu caminho, Pierre caído. A roda traseira esmaga um leve obstáculo. A cabeça. Aparecem solícitos policiais e pegam nos braços um corpo ainda quente mas já sem vida.

15

Quando ouve bater à porta, às seis da tarde, Marie vai atender alegre. Pela cara dos visitantes percebe que não trazem boa notícia. Fica paralisada e muda com o relato do acidente. Rompe o longo silêncio com estas palavras: Pierre está morto? Morto? Morto de verdade? Marie vira uma mulher digna de dó. O governo francês decide dar uma pensão à viúva e às filhas. Marie recusa a oferta. "Sou nova o bastante para ganhar meu pão e o de minhas filhas." Menos de um mês depois, por unanimidade a Faculdade de Ciências decide dar a cátedra de Pierre na Sorbonne a Marie. Ela diz a ele no diário: ofereceram-me sua cadeira, Pierre, seu curso e a direção do laboratório. Aceitei. É pelo menos um esforço para continuar seus trabalhos. Às vezes parece que assim me será fácil viver; outras vezes que sou louca em empreender isso.

16

Marie perdeu a eleição para uma cadeira na Academia de Ciências por um voto. Mas a da Suécia estava atenta. Em 1911, Marie Curie ganhou o Nobel de Química. (Na cerimônia de entrega, estava a filha Irène, que mais de vinte anos depois...) Ninguém conseguira antes dois prêmios de Estocolmo. O incômodo da fama crescia, Marie manteve a inaptidão para a vaidade. Einstein testemunhou: "Madame Curie é, de todas as celebridades, a única que a glória não corrompeu". Seguiu trabalhando como sempre. E como sempre, descuidada com a própria saúde. Exigia de seus seguidores cuidados como escudos de chumbo no trabalho, mas ela mesma... Também se recusava a fazer periódicos exames de sangue. Manipulou e respirou emanações de rádio durante 35 anos. Nos quatro anos da Primeira Guerra Mundial, se expôs a radiação ainda mais perigosa do aparelho Roentgen. Pequena alteração no sangue, queimaduras doídas nas mãos... Marie não deu importância à febre que passou a incomodá-la. Uma gripe em maio de 1934 a levou para a cama. Ela não se levantaria mais. Leucemia. 4 de julho.

17

Sem nenhum político ou representantes de governos, o corpo de Marie Curie foi enterrado ao lado do de Pierre, no cemitério de Sceaux, em 6 de julho. Presentes, apenas parentes, amigos e colegas de trabalho. No caixão, um punhado de terra da Polônia.

Os restos mortais de Marie Curie repousam no Panthéon desde 1995, a primeira mulher a ter essa distinção. No frontão, está escrito: Aos grandes homens, a pátria reconhecida. Mitterrand chamou a cientista polonesa de primeira-dama da história da França. Ao seu lado, os ossos de Pierre.

Se pudesse escolher, Marie Curie descansaria para sempre em Varsóvia.

A filha mais velha do casal Curie, Irène, e seu marido, Jean Frédéric Joliot-Curie, conquistaram o Nobel de Química, em 1935, com o trabalho de indução artificial de radioatividade.

Irène também morreu de leucemia.

A caçula, Eva, pianista, crítica de música e jornalista, escreveu a definitiva biografia da mãe, *Madame Curie*. Publicado em 1937, o livro de mais de 400 páginas foi traduzido no Brasil no ano seguinte por Monteiro Lobato. Em 1943, Mervyn LeRoy fez da biografia um clássico do cinema, com Greer Garson como Marie e Walter Pidgeon como Pierre.
Eva perdeu a cidadania francesa durante a Segunda Guerra e mudou-se para os Estados Unidos.

Henry Richardson Labouisse Jr. – que se casara com ela depois de ter ficado viúvo – era diretor do Unicef em 1965, quando o Fundo foi premiado com o Nobel da Paz. Eva Denise Curie Labouisse morreu em 22 de outubro de 2007. Em 6 de dezembro, completaria 103 anos.

© 2021 Hugo Almeida
Todos os direitos desta edição reservados à Laranja Original.

www.laranjaoriginal.com.br

Edição Filipe Moreau
Projeto gráfico Marcelo Girard
Foto da capa Beatriz Magalhães
Produção executiva Bruna Lima
Diagramação IMG3

Dados Internacionais de Catalogação na Publicação (CIP)
(Câmara Brasileira do Livro, SP, Brasil)

Almeida, Hugo
   Certos casais / Hugo Almeida. – 1. ed. –
São Paulo : Laranja Original, 2021. –
(Coleção rosa manga)

   ISBN 978-65-86042-22-1

   1. Contos brasileiros I. Título. II. Série.

21-73753   CDD-B869.3

Índices para catálogo sistemático:

1. Contos : Literatura brasileira   B869.3
Cibele Maria Dias - Bibliotecária - CRB-8/9427

Laranja Original Editora e Produtora Eireli
Rua Capote Valente, 1.198
05409-003 São Paulo SP
Tel. 11 3062-3040
contato@laranjaoriginal.com.br

Fontes Janson e Geometric
Papel Polen Bold 90 g/m²
Impressão Forma Certa
Tiragem 200 exemplares
Agosto de 2021